KB073899

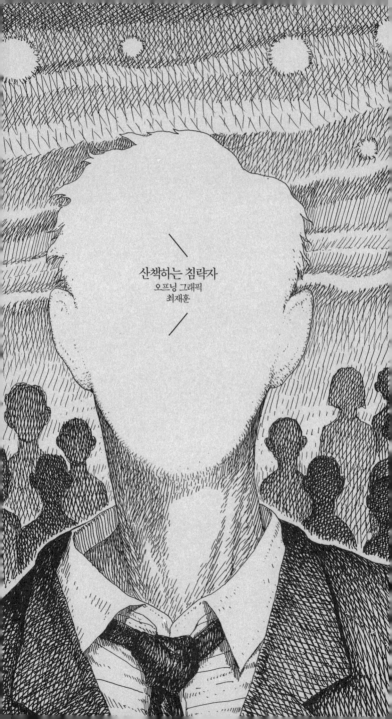

산책하는 침략자
오프닝 그래픽
최재훈

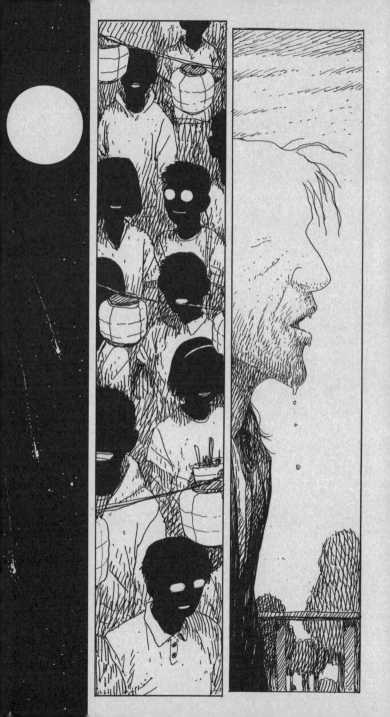

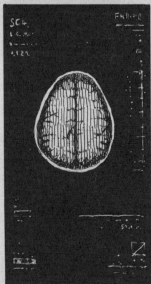

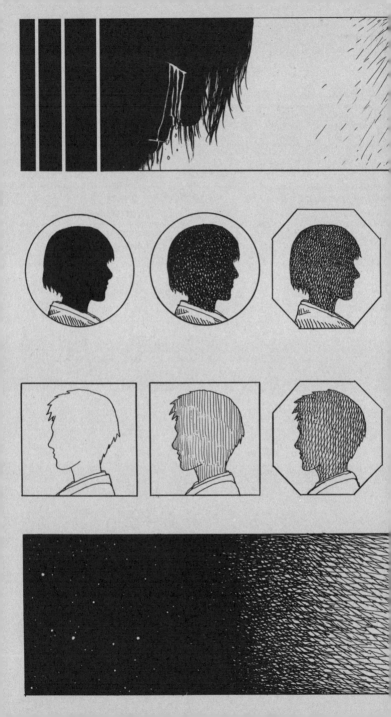

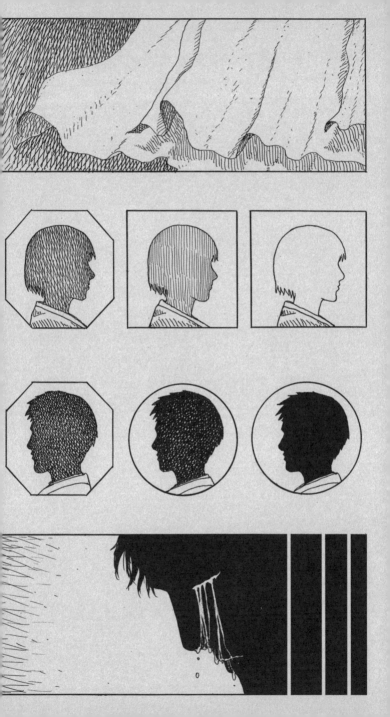

산책하는 침략자

散歩する侵略者

산책하는 침략자

散歩する侵略者

마에카와 도모히로

그래픽
최재훈

이홍이 옮김

일러두기

• 이 책의 저본은 《散歩する侵略者》(KADOKAWA, 2017)이다.

• 모든 주는 옮긴이 주이다.

차례

산책하는 침략자 .. 7

인터뷰
관계를 파괴할 때 일어나는 일
마에카와 도모히로 X 이홍이 .. 276

추천의 말
잠입하는 절망
구로사와 기요시 .. 288

1

"어, 죽었다."

생명이 사라지는 순간을 목격하는 것은 어쩌면 이번이 처음일지도 모른다. 절묘한 타이밍이었다는 생각이 들자마자, 다치바나 아키라는 살짝 죄책감을 느꼈다. 수조에서 종이 숟가락으로 건져 올린 금붕어가 5분도 채 되지 않아 움직임을 멈춰버렸다. 축제 날 길에서 파는 동물에 기대는 말아야겠지만, 아무리 그래도 너무 빨리 죽었다.

"할머니?"

아키라는 할머니의 얼굴을 들여다봤다. 할머니는, 볼록한 배를 벌러덩 내놓고 늘어진 금붕어를 가만히 바라보고 있었다.

금붕어가 죽었다고 충격받으실 연세도 아닌데 이상하네. 가만, 우리 할머니 몇 살이었지? 그런데 고등학생씩이나 되어서 할머니랑 축제에 와야 하나? 금붕어에 시선을 빼앗긴 할머니를 보자, 아키라는 공연히 짜증이 나 속으로 투덜거렸다.

"아이참, 왜 그렇게 멍하니 있는 거야?" 할머니를 위해서 여기까지 와줬구만.

아키라의 목소리를 듣고 드디어 움직이기 시작한 할머니는 입에 고인 침을 꿀꺽 삼키더니 물을 담아 동그랗게 부풀어 오른 비닐봉지 속으로 불쑥 손을 넣었다.

"뭐 하는 거야?"

"응? 조사하려고."

조사하다니 뭘…. 조사가 문제가 아니라, 아키라는 방금 할머니의 말투가 낯설었다. 이런 좀스러운 말투는 할머니 말투가 아니다.

할머니는 죽은 금붕어를 꺼내고, 물이 든 비닐봉지를 땅에 떨어뜨렸다. 산 지 얼마 안 된 샌들 위로 비린내 나는 물이 튀는 것보다도, 그런 행동을 하는 것

8

자체가 부끄러웠다.

"할머니 지금 뭐 하는 거야!"

아키라는 주변 행인들에게 경직된 얼굴로 눈웃음을 건네며 비닐봉지를 주웠다. 그러고 할머니를 노려봤다.

"회."

할머니의 입은 이 말을 내뱉더니 곧바로 낼름 금붕어를 삼켰다.

너무나 갑작스러운 광경에 아키라는 아무런 반응도 하지 못한 채, 꾸기적꾸기적 소리를 내며 금붕어를 씹고 있는 할머니의 입을 그저 바라볼 수밖에 없었다. '가시는 없을까?' 태평하게 이런 생각을 할 수 있었던 이유는, 할머니가 치매에 걸리고 말았다는 납득할 만한 가설이 먼저 떠올랐기 때문이다.

할머니 다치바나 마사코(71세)는 다음 날 아침, 함께 살던 아들 부부를 식칼로 찔러 죽인 뒤 자살했다.

2

가세 나루미는 신문을 들고 툇마루에 앉았다. 그러
다 6월의 햇살이 생각보다 꽤 세다는 것을 깨닫고, 여
기 있다간 살갗이 타겠다는 불안감에 다시 거실로 들
어왔다. 신문은 다다미 위로 대충 던져놓았다. 이렇
게 의미 없이 몸을 움직이다 보니 읽고 싶은 마음이
사라져버렸기 때문이다.

"언니, 그 사건 너무 소름끼치지 않아? 우리 회사
에서 엄청 가까운 데거든."

동생 아스미가 꺼낸 그 사건이란 "일가족 살인"이
라는 선정적인 제목이 붙은 화제의 사건이다. 가족을
잃고 혼자 살아남은 여고생은 그때의 충격으로 말을

못 하는 상태라고 한다.

작은 항구 마을에 전혀 어울리지 않는 그 처참한 사건에 온 동네가 술렁이는 것 같았다.

"방송국에서도 취재 나온 거 같더라고. 언니 같이 안 가볼래?"

"너나 가." 나루미는 방금 자기가 한 말에 가시가 있다는 것을 알았지만, 신경이 거슬린 것도 사실이다.

"지금 그게 문제가 아니잖아."

나루미는 아스미의 구경 좋아하는 속물근성을 비난하려는 게 아니었다. 정말로 지금은 그게 문제가 아니었다.

어제 있었던 일이다.

경찰서에서 전화가 왔다. 나루미의 남편 신지가 경찰서에 보호 조치되었다가 병원에서 치료를 받고 있다는 내용이었다. "후우⋯." 연락을 받은 나루미의 반응은 대충 이랬다. 신지가 사흘 전부터 안 보였던 것은 맞다. 축제 날 젊은 여자와 돌아다녔다는 극비 정보를 입수했기 때문에 그런가 보다 하고 말았다. 그런가 보다? 나루미는 그렇게 생각함으로써 스스로를 지켜내는 유형이었다. "난 또 뭐라고, 얌전히 지나가자. 자기도 한번 심하게 데이면 정신 차리고 돌아오겠지." 볼지 말지 두고 볼 사람은 내가 아니라 남편이니 상관없다.

문자 한 통 없이 사흘간 외박했으면 걱정되는 게 정상이겠지? 결혼 3년차, 감각 기관의 어딘가가 마비되어버린 나루미는 한숨을 쉬었다.

"우선 병원으로 와주시기 바랍니다."

정말 불꽃에라도 데었나?

안내를 받고 들어간 병실이 6인실인 것을 보고, 나루미는 조금 안심이 되었다. 적어도 죽기 직전은 아닌가 보군.

"신지." 나루미가 이름을 부르자, 신지는 번쩍 눈을 떴다. 팔에 링거 주사가 꽂혀 있고, 양 발목에 붕대가 칭칭 감겨 있었다. 얼굴은 약간 초췌해진 것 같았다. 코끝을 문질러댔는지 꼭 순록처럼 코가 빨개졌다. 귀엽다.

동그랗게 눈을 뜬 빨간 코 신지에게, 나루미는 다

시 한번 말을 걸어봤다.

"신지, 괜찮아?"

신지는 표정 하나 안 바꾸고 입을 열었다.

"아, 나 당신을 알아요. 음, 가세 나루미 씨죠?"

이걸 확 죽여버릴까도 싶었지만, "네"라고 고지식하게 대답해버린 나루미는 알 수 없는 패배감에 사로잡혔다. 다시 해보자.

"장난치지 말고. 무슨 일이 있었던 거야?"

나루미는 되도록 진지한 어조로 말을 이었다. 분위기 파악을 제대로 한 것인지, 신지의 얼굴도 진지해졌다.

"그 질문은 너무 막연해서 대답할 수가 없어요. 언제부터 언제까지에 대해 알고 싶은지 범위를 정해주세요. 그리고 저 장난친 적 없어요."

"신지, 적당히 해." 나루미는 뒤에 서 있는 의사의 눈치를 살피며 최선을 다해 부드럽게 말했다.

요즘 말이 안 통하기는 했어도 이 정도는 아니었다. 신지가 이런 식으로 못된 장난을 칠 사람은 아니라는 것을 나루미도 잘 알고 있었다.

"저기요, 지금 화났어요? 혹시 화났으면 사과할게

요."

사과를 한다고? 당신이? 그렇지, 사과할 일이 많기는 하지. 뭐야, 눈은 반짝반짝하고, 코는 빨개져가지고. 나루미는 자기도 모르게 이렇게 말이 튀어나왔다.

"그럼 사과해."

"죄송해요."

말이 떨어지기 무섭게 신지는 사과했다.

나루미는 그가 뱉은 말에 아무런 의미도 담겨 있지 않다는 것을 알았다. 이게 뭐 하는 짓인가 싶어 시선을 돌렸더니, 의사가 말을 걸었다.

"어떤 것 같아요?"

어떤 것 같냐고 물으면 나더러 어쩌라고.

"음, 사람이 달라졌네요."

뇌 질환. 의사는 그렇게 진단했지만, 그다음 이어진 설명은 어딘가 갑갑했다.

"저리지 않고 마비 증세도 없고. 사람이 달라진 것 같다고 하시니까 혈관성 뇌 질환은 아닌 것 같거든요. 그럼 남은 가능성은 알츠하이머병인데. 그런데 뭐가 되었든 보통은 사진을 찍어보면 뇌가 위축된 모습이 보이거든요."

시티CT 촬영으로 본 신지의 머릿속은 하얀 두개골 안에 뇌수가 꽉 차 있었다. 뭐랑 닮았는데. 아, 잉어찜이다. 내장과 뼈를 통째로 놔두고 토막 낸 잉어찜과 닮았다. 나루미는 심각한 때일수록 황당한 생각을 하는 습관이 있었다. 어렸을 때부터 혼날 때 딴 생각을 했다. 스스로 이것은 마음을 다치지 않게 하는 방어 본능이라고 우기고 있다. 잉어찜이라, 그걸 처음 먹은 게 신지와 나가노로 여행 갔을 때였나?

"가세 나루미 씨?"

하마터면 나가노까지 가버릴 뻔했던 나루미의 정신을 현실로 되돌려놓은 것은 의사의 목소리였다. 실제로 심각한 상황이었다. 만약 알츠하이머병이라면 앞으로 뇌가 위축되기 시작할 가능성이 있다는 것이다. 특히 젊은 환자는 진행이 빨라 현재로서 명확한 치료법이 없다고 했다.

"어떻게 하면 좋을까요?"

일단 상태를 지켜보는 수밖에 없다며, 의사는 나루미에게 앞으로 필요한 것은 '각오'라고 말했다.

각오. 내게 그런 것이 있었다면 이렇게까지 질질 끌지도 않았겠지. 아이참, 진작 헤어졌어야 하는데. 이제 와서 이혼하면 나만 인간쓰레기 되는 거잖아.

각오라는 말이 나루미에게는 다른 쪽으로 파장을 일으켰다.

기억 상실증에 걸린 남편에게 느닷없이 이혼 이야기를 꺼내는 것은 비겁한 일이고, 그렇다고 전혀 다른 사람이 된 그를 사랑할 수 있을지도 모를 일이다. 하지만 동시에 이런 생각도 들었다. 최근에 우리에게 사랑 같은 건 없었지만, 그렇다고 이혼을 진지하게 생각했던 것도 아니다.

나루미의 머릿속에서 여러 가지 각오가 끓어올랐고, 마치 자신이 우유부단한 탓이라고 공격받는 것 같았다. 아, 짜증 나.

"가세 나루미 씨?"

"아, 네."

정신을 차리고 보니 의사는 어느새 진료실을 나가려고 문 앞까지 가 있었다. 신지가 있는 병실로 가보자는 것이다. 입원할 필요는 없는 모양이었다.

"저기요, 신지는, 그러니까 제 남편은 사흘 동안 뭘

하고 다녔을까요?"

　본인에게 직접 물어봐야 하는 질문일지도 모른다. 하지만 그러고 싶지 않았다.

　"글쎄요. 남편분 말로는 산책을 했답니다. 어느 친절한 분이 병원까지 데려다주셨대요. 그리고 당시에 남편분이 손에 금붕어를 들고 있었던 것 같더라고요. 축제 날 종이 숟가락으로 건지면서 노는 금붕어요."

3

대륙에 접한 바다를 코앞에 둔 작은 항구 마을. 이렇다 할 산업 하나 없는 조용한 마을에서는 축제가 그나마 몇 안 되는 삶의 재미 중 하나다. 축제가 끝나면 바로 해수욕장이 개장을 한다. 하지만 모래에 철분이 많아 바닷물을 머금으면 아스팔트처럼 시커멓게 굳어버리는 탓에, 리조트 분위기가 하나도 안 나는 곳으로 유명하다. 단, 모래성을 만들기에는 적합한지 마을 아이들한테 그런대로 인기가 있다. 여름날 이른 새벽에 산책을 하면, 마치 발굴 작업 중인 유적지와도 같은 모래성과 모래 마을을 여기저기서 볼 수 있다.

바닷가에서 20분 정도 안으로 들어오면 상점가가 나오는데, 점포 중 절반은 셔터가 내려가 있다. 변두리에 들어선 대형 점포의 영향일 것이다. 지방 도시마다 흔히 보이는 풍경이다.

시가지를 빠져나와 조금 더 내륙 쪽으로 들어가면 자위대 주둔지가 있다. 최근 반 년 동안 마을을 누비고 다니는 자위대 차량이 급격히 늘었다. 글자는 한 자도 없이 숫자만 쓰여 있는 단순한 번호판 덕에 평범한 자동차라도 자위대 차량임을 금방 알 수 있다. 특권적인 분위기를 물씬 풍기는 차들이 때로는 10대씩 대열을 만들어, 국도치고는 좁은 차도를 달렸다. 여느 때와 달리 자위대 주둔지가 분주해 보이는 이유는 바다 건너편에 있는 이웃 나라와 팽팽한 긴장 관계가 형성되었기 때문이다.

지난달부터 미국 항공모함이 항구에 자리를 잡고 있다. 이제 얼마 남지 않은 토박이 어부들이 계속 항의 시위를 하고는 있지만, 고령화된 어업 종사자들의 목소리는 작을 수밖에 없었고 중앙 정부까지 닿을 리도 없었다.

텔레비전은 연일 이웃 나라와의 긴장된 정세를 떠

들어대고 있었다. 가끔씩 뉴스에 등장하는 마을 모습에 주민들도 막연한 불안감을 품고 있었다.

수많은 기자들이 자위대와 미군을 쫓아 지리적으로 전략 거점이 되어버린 이 마을에 모여들었다. 르포 작가인 사쿠라이도 그중 한 명이었다.

비행기나 기차를 타면 다섯 시간이면 될 것을, 사쿠라이가 도쿄에서 열네 시간을 들여 침대 열차를 탄 이유는 비행기가 무서웠기 때문이 아니다. 침대 열차에 한번 타보고 싶다는, 오직 그 바람 때문이었다. 예상한 것보다 더 휑한 역 앞 광장에서 사쿠라이는 양팔을 들어 크게 쭉 폈다. 확실히 열네 시간은 너무 힘들다. 그는 키오스크에서 스포츠 신문을 산 뒤 택시 승강장으로 향했다.

택시에 타서 신문을 펼치자 운전사가 말을 걸었다.
"세상이 어떻게 되려고 이럴까요?"
사쿠라이가 말뜻을 못 알아듣고 멀뚱히 있자, 운전사는 "아니, 거기 기사 좀 보세요"라며 운전 중인데도 뒷좌석으로 턱을 쑥 내밀었다. 기사를 읽어보니 어느 노인이 아들 부부를 살해한 뒤 자살했다는 내용이었다. 이 마을에서 일어난 일이었다. '이게 웬 떡이냐.' 사쿠라이는 직업이 직업인지라 자기도 모르게 속으로 쾌재를 불렀다.

"제가 아는 사람이거든요. 그래서 더 충격을 받았지 뭐예요." 말은 이렇게 하면서도, 일흔 살은 넘어 보이는 노년의 운전사는 은근히 신이 나 보였다. 기삿거리를 더 챙겨보려고 이것저것 질문을 던지니 "근처인데 들러서 보고 가실래요?"라며 운전사가 득의양양하게 말했다. 마치 관광지를 안내하는 것처럼. 너무하다 싶었지만, 사쿠라이 역시 결국 똑같은 짓을 하려고 하는 것이다. 이런 걸로 고민에 빠질 시기는 이미 오래전에 지났다.

"그럼 가볼까요?"

사쿠라이가 찰지게 맞장구를 쳤다.

자신 있게 핸들을 꺾은 운전사의 턱 언저리에 붙어 있는 휴지 조각이 은근히 신경을 건드릴 무렵, 사쿠라이가 한숨을 크게 쉬며 창밖으로 눈을 돌리자 묘한 광경이 눈에 들어왔다.

갓길에 두 남자가 서로 마주보고 서 있었다. 둘 다 빳빳하게 서 있었다. 택시가 두 사람 옆을 지나치기 직전, 사쿠라이를 등지고 서 있던 남자가 무릎에 힘이 풀린 듯 털썩 주저앉았다. 방금 본 장면이 사쿠라이의 머릿속에서 슬로 모션으로 재생되었다.

"잠깐 서주세요!"

무슨 일이 일어났는지는 모른다. 하지만 뭔가 잘못되었다는 감이 왔다. 칼에 찔린 것인지도 모른다. 사쿠라이는 황급히 요금을 지불하고 밖으로 나와 지나온 길을 달려갔다.

칼에 찔렸다고 상상한 것은 그런 기사를 봤기 때문일지도 몰랐다. 두 사람이 있는 곳에 다다르자 아무 사건도 일어나지 않았다는 것을 확인할 수 있었다. 땅에 주저앉은 중년 남자는, 눈물을 흘리고 있었다.

"무슨 일입니까?"

사쿠라이는 그렇게 물으면서도 '내가 너무 사적인 대화에 끼어든 것은 아닐까?' 싶어 살짝 후회가 되었다. 그러나 다 큰 어른이 벌건 대낮에 울며 주저앉는 것은 분명히 기묘한 일이었다.

"어? 죄송해요, 내가 왜 이러지?"

남자는 자기가 흘린 눈물 때문에 당황해했다. 별일 아니라며 웃더니, 허둥대며 근처에 세워둔 자전거에 올라타 자리를 피했다.

사쿠라이는 남은 한 사람을 보고 생각했다. '아, 진짜 큰일 난 건 이 사람이구나.'

나이는 사쿠라이와 비슷해 보이는 것이, 서른을 조금 넘은 정도가 아닐까 싶었다. 그는 순진무구한 눈으로 사쿠라이를 가만히 바라보고 있었다. 목 칼라에도 단추가 달린 셔츠를 입고, 아래는 지저분해진 치노 팬츠 차림이었다. 맨발에 발꿈치가 심하게 쓸려 피가 묻어 있었다. 발바닥도 온통 쓸렸고 오른발 새끼발가락 발톱이 빠진 상태였다. 손에는, 축제 날 산 것 같은 금붕어가 들려 있었다. 그리고 얼이 나간 것 같은 그 웃는 얼굴.

"저기요, 여기서 뭐 하시는 거예요?"

쭈뼛쭈뼛 물어봤다.

"산책이요." 말하는 건 멀쩡하다.

발이 이 지경이 될 때까지 산책이라니, 무슨 벌칙 게임 중이더라도 이건 너무했다.

"발 아프지 않아요?"

"아프다고 하면, 아파요. 그런데 아직 실감이 잘 안 나요."

뭐라고 하는 거야? 당황한 사쿠라이가 할 말을 찾는 틈에 그가 다시 말했다.

"죄송한데요, 이 사람 아세요?"

그러면서 남자가 손에 들고 있던 비닐봉지를 들어 보였다. 사람? 사쿠라이는 생각했다. 요즘 새로 나온 개그인가?

"음, 저기요, 그건… 금붕어예요. 사람이 아니라요. 동물 가게에 가면 비슷한 게 있지 않을까요?" 이런. 이걸 또 진지하게 받아주다니.

"그렇구나. 어디 간 거지?"

그는 천연덕스럽게 금붕어를 바라봤다. 아, 이런 사람이구나, 감을 잡으면서 어느 정도 진정이 된 사쿠라이가 어린애를 어르듯 말을 건넸다.

"저기요, 이름 알아요? 말할 수 있어요?"

"네. 저는 가세 신지라고 합니다."

차분한 말투가 오히려 더 섬뜩했다. 사쿠라이는 조심스레 병원과 경찰서 중 어디로 가는 것이 좋을지 물어봤다.

"아무 곳이나 그냥 마음대로 하세요."

이 남자, 대답 하나하나가 허를 찌른다. "그럼, 병

원으로 가죠." 사쿠라이는 간단히 대답하고 택시를 잡으려 했지만 택시가 좀처럼 나타나주지 않아 쉽지 않았다. 뭐, 생명에 지장이 있을 정도로 큰 상처는 아니니까. 그는 재킷의 안주머니에서 담배를 꺼냈다. 담배 연기를 내뿜으며 신지를 슬쩍 보니, 그는 여전히 금붕어를 보고 있었다.

"그 금붕어요, 죽었어요."

반응이 없다.

"이 동네 왜 이래."

사쿠라이는 어이가 없는 듯 혼잣말을 중얼거렸다.

4

새로 산 경차를 타고 나루미는 신지를 병원에서 데
리고 왔다. 차 안에서 신지는 앞에 있는 봉제 인형에
푹 빠져서 줄곧 가지고 놀았다.

"이건 뭐예요?"

아스미가 인형 뽑기로 뽑은 인형이었다. 봉제 인형
을 모르는 건지, 단순히 캐릭터 이름을 묻는 건지, 나
루미는 알 수 없었다. 봉제 인형을 모른다면 병이 심
각하다는 뜻이다. 나루미는 생각했다. 뭐라고 대답해
주지? 멀쩡한 성인에게 '봉제 인형'이라고 가르쳐주
는 것은 실례이지 않을까? 환자는 환자로 취급받으면
보통 화를 낸다. 하지만 대화로서 그렇게 이상할 것

은 없다. 아니, 내가 왜 남편한테 이렇게까지 신경을 쓰지?

"그건 봉제 인형이야."

됐다. 자연스러웠다.

"그건 알아요."

'알긴 뭘 알아!'라고 맞받아치고 싶은 마음은 잠시 누르고. 상냥하게 가르쳐줘야지.

"'1UP 버섯'이라는 거야."

으으, 이상하다. 과하게 부드러운 말투로 '1UP 버섯'을 말하면 이렇게 이상해지는구나. 결국 나루미는 그 버섯이 무엇인지를 설명해야 하는 처지에 놓였다. 〈닌텐도 수퍼 마리오〉라는 게임에 나오는 아이템인데"까지는 술술 나왔다. 하지만 신지는 "마리오에게 생명 하나를 더 생기게 해주는 것"이라는 대목에서 '하나가 더 생긴다'는 부분이 도통 납득이 안 되는 모양이었다. 신지가 집요하게 물고 늘어졌다. '마리오가 한 명 더 늘어난다', 이것이 문제인가 보다. 신지도 게임을 해본 적이 있을 텐데, 나루미는 어떻게 설명해야 할지 난감했다.

"마리오는 잘 아는데요, 마리오라는 이름은 개인의

이름이 아니라 이를테면 어떤 부족의 이름 같은 건가 요?"

마리오족! 나루미는 자기도 모르게 소리 내어 웃어 버리고 말았다. 그런 부족이 존재한다면 인류와 한판 붙어야 할 것 같은데?

신지는 무표정을 하고, 웃고 있는 나루미를 쳐다봤 다. 화가 난 걸까 싶어 나루미는 웃음을 멈췄다. 자존 심이 강한 신지는 자신의 실수를 보고 남이 웃는 것 을 싫어했다. 특히 나루미가 웃는 것을 싫어했다. 하 지만 그건 예전의 신지고, 눈앞에 있는 신지는 어린 애처럼 호기심으로 똘똘 뭉친 사람이었다. 그저 질문 의 답을 기다리고 있는 것뿐이었다.

"응. 마리오족은… 버섯으로 인구를 늘릴 수 있어."

이런, 잘못된 지식을 심어주고 말았다. 너무 짓궂 은 대답이었나? 하지만 '생명이 하나 늘어난다'는 개 념을 설명하기가 쉽지 않았다.

"그렇구나. 고마워요."

—의미 없는 대화. 나루미는 노란색으로 바뀐 신호 를 향해 액셀을 밟았다.

예전의 신지. 그때와는 조금도 닮은 구석이 없는

지금의 신지. 왜 존댓말을 쓰지? 어느 쪽이냐 하면 가부장적인 스타일이었는데 말이다. 나루미는 이제 부터 직시해야만 하는 '현실'이 머릿속을 스치자마자 숨쉬기가 힘들어졌다. 창문을 열려고 버튼을 눌렀더 니 조수석 창문이 내려가기 시작했다. 아, 잘못 눌렀 다. 창문이 다 내려가기까지 단 2초 동안 스스로가 한 없이 한심스럽게 느껴져, 정신을 차리고 보니 갓길 에 차를 세우고 있었다. 주위에 다니는 차도 적어 소 리마저 없이 적막했다. 엔진을 끈 자동차 비상등이 깜빡거리는 소리가 쓸데없이 고요함을 더 두드러지 게 했다. 두 사람은 운전 중이었을 때와 마찬가지로 정면을 바라보고 있었다. 서로를 찾지 않는 시선. 나 루미는 그 상태 그대로 입을 열었다.

"당신, 누구야?"

"가세 신지예요."

그렇다, 맞다. 나루미는 그를 어떻게 대해야 할지 알 수가 없었다. 표면적인 대화에는 적응한 줄 알았 는데 말이다. 신지의 거짓말에 속는 척하는 일에 이 미 익숙한 나루미는, 지금의 신지가 거짓말은 조금도 하고 있지 않다는 사실을 잘 알았다.

"나는 뭐야?"

"당신은 가세 나루미예요."

고맙다, 가르쳐줘서. 그런데 그걸 물어본 게 아니다.

"나는 당신한테 뭐야?"

"죄송한데요, 질문의 의도를 잘 모르겠어요."

놀리려는 의도는 아닐 것이다. 그건 나루미도 잘 알고 있었다. 알고는 있었는지도 모른다.

"나는 당신의 아내, 마누라, 배우자, 와이프! 알았어? 난 그 대답을 원했던 거야."

나루미는 자기도 모르게 신지의 얼굴에 얼굴을 들이밀었다. 최고치까지 늘어난 안전벨트가 오른쪽 쇄골을 눌렀다. …아무 반응이 없다. 동요하는 기색도 없이 "그건 당연한 거잖아요"라고 신지는 대꾸했다.

성가신 안전벨트를 풀어버리고, 아예 등받이까지 평평하게 눕혀 벌러덩 누웠다. 언뜻 냉정해 보이는 신지에게 정색하고 달려드는 모양새가 되어버렸다. 못됐어. 나루미는 자기가 꼭 심통을 부리며 드러누운 것처럼 보여 쓴웃음을 지었다. 내가 정신을 차려야 하는데.

신지는 나루미를 흉내 내는 듯, 등받이를 내리고 따라 누웠다. 어깨에 걸쳐 있던 안전벨트가 아무 의미도 없이 허공을 가로지른다. 나루미가 안전벨트를 풀어주자 신지는 슈르륵 차벽 속으로 빨려 들어가는 안전벨트를 신기한 눈으로 쳐다봤다. 정말 꼭 어린애다. 두 사람은 의자 위에 누워 서로를 마주 봤다. 비상등이 여전히 깜빡거리는 소리를 내고 있었다.

"천벌받은 거야."

이 말이 튀어나온 순간, 나루미는 손바닥에 땀이 나는 게 느껴졌다. 무서웠다.

—무섭다? 뭐가?

"천벌이 뭐예요?"

힘 빠지게 하는 질문을 연달아 받은 덕에, 나루미는 '지금은 생각하고 싶지 않은 문제'에서 벗어날 수 있었다. 어쨌든 지금은 눈앞의 신지다. 새로운 신지.

"일단 존댓말은 하지 마."

"응, 알았어. 이렇게 하면 돼? 나루미."

…짜증 나, 왜 설레고 난리야.

그건 그렇고 이렇게 쉽게 바꿀 수 있는 거였어? 무슨 적응이 이렇게 빨라.

"조, 좋은데?"

억지로 여유 있는 척 말을 한 것은, 이렇게 된 이상 주도권은 자신이 잡겠다는 강한 의지가 있었기 때문이다. 나루미는 한 가지 생각이 떠올랐다. 하지만 그 생각을 말로 옮기는 데는 약간의 용기가 필요했다.

"신짱. 신짱이라고 불러도 돼?"

"응, 돼."

해냈다.

너무나 싱겁게 해내다 보니, 물어보지 말고 통보하면 좋았을걸 후회가 되었다. 왜냐하면 신지는 '신짱'이라고 불리는 것을 싫어했기 때문이다. 나루미가 어쩌다 사람들 앞에서 신짱이라고 부르는 날에는 노골적으로 싫은 내색을 했다. 어린애도 아니니 그런 식으로 부르지 말라는 것이었는데, 친구나 가족 앞에서 그렇게 어른 행세를 하고 싶을까? 나루미는 남자들의 그런 자존심이 도통 이해가 되지 않았다. 신짱이라고 부르고 싶으니까 어쩔 수 없는 것 아닌가?

"신짱."

"응? 왜?"

옳지, 그래, 좋아. 나루미는 승리의 미소를 지었다.

이런 일로 기뻐하고 있는 스스로가 바보 같아지면서 문득 사태의 심각성이 다시 환기되었다. 신지의 병이 무엇이고 앞으로 어떤 식으로 진행될지, 아직 아무도 모른다. 알츠하이머병이라면 언젠가 나루미를 알아보지 못하는 때가 올 것이다. "리셋된 거나 마찬가지구나." 나루미는 그렇게 생각했다. 질병에 맞설 마음의 준비는 솔직히 아직이었다. 하지만 앞으로는 새로운 신지와 새로운 관계를 구축해 나가야만 했다. "신짱"은 그 긴 여정으로 들어서기 위한 첫걸음이었다.

　"저기, 신짱, 내 말 좀 들어봐. 앞으로 어쩌면 계속 내가 신짱을 돌봐줘야만 할지도 몰라. 그러니까 이것만 기억해줘. 나는 당신의 아내고, 앞으로 무슨 일이 일어나도 나는 신짱 편이야. …같이 잘해보자. 알았지?"

　우선 과거는 리셋이다. 이것은 스스로에게 하는 말이기도 했다.

　"나루미, 너는 좋은 사람이구나. 부탁이 하나 있어." 적극적으로 나오는 신지를 보고 나루미는 살짝 긴장했다. 새삼스럽게 이 거리감에 긴장하는 것도 부끄러웠지만, 무엇보다도 새로운 신지가 무슨 말을 할지 예측할 수가 없었다.

"내 가이드가 되어줄래?"

뭐라고?

"나와 동료가 되는 거야. 마침 가이드를 찾고 있었어." 신지는 계속 말했다.

가이드? 어디로 안내하라는 거지? 의미를 알 수 없는 부탁이었다. 뭐라고 답하면 좋을지 고민하는 사이, 신지는 나루미의 손을 감싸듯 잡았다. 매끈하게 말라 있는 손바닥은, 나루미의 체온보다 조금 더 차가웠다. 신지가 한 뜻밖의 행동과 오싹한 촉감이 나루미의 사고를 멈추게 만들었다. 신지는 마치 무슨 대단한 발견이라도 한 것처럼 혼자 흥분해 있었다.

"알았지? 마침 잘됐어! 나루미는 내 가이드야. 이제부터 우리는 쭉 같이 있을 거야!"

신지의 얼굴은 전에 없이 활기를 띠고 있었다. 나루미는 신지의 그런 표정을 오랜만에 보았다. 사흘 전까지의 신지, 방금 전 존댓말을 쓰던 신지, 지금 눈앞에 있는 신지, 전부 다 조금씩 다르다. 가이드. 무슨 말인지 모르겠지만 지금은 상관없다.

"이제부터 우리는 쭉 같이 있을 거야." 달콤한 말이 나루미에게는 서먹하게 다가왔다.

"그래, 알았어."

나루미도 살며시 신지의 손을 잡았다.

눕혀놓은 의자를 원래대로 되돌리고 시동을 걸었다. 그런데 여기가 어디더라? 나루미는 무의식적으로 빙 돌아가고 있었다. 부모님과 동생에게 뭐라고 하면 좋을지 고민하다가 집과 반대 방향으로 핸들을 돌렸던 것이 떠올랐다. 얼마나 달려왔을까?

자동차 비상등을 끄고 뒤에 차가 오는지 확인했다. 신지는 스스로 안전벨트를 맨 모양이었다. 여전히 버섯 모양 봉제 인형을 끌어안고 있었다. 나루미는 풋웃음이 나왔다. 이런 캐릭터가 아니었는데.

이제 빙 돌아가는 것은 관두자. 조금 진정이 됐다. 새로 산 혼다 경차가 두 사람을 태우고 달리기 시작했다.

5

친정집에서 100미터쯤 떨어진 곳에 나루미의 집이 있었다. 방이 네 개 있는 단독주택으로, 원래는 숙부가 살던 집이었다. 집이란 사람이 살지 않으면 상하는 법이라는 친정아버지의 말을 따라, 결혼하고 곧바로 그 집으로 들어갔다. 데릴사위로 들어간 신지에게는 감사한 일이었지만, 지은 지 40년 된 집은 사실 충분히 상할 대로 상해 있었다. 마음대로 고쳐서 살라는 아버지의 언뜻 관대한 태도에 속은 것이다. 나루미는 아직까지 아버지에게 수리 비용의 절반에 해당하는 금액을 청구 중이다.

"언니, 마당에 미친 듯이 번식하는 저건 대체 뭐

야? 민트야?"

아스미는 벗겨질 것 같은 손톱 스티커를 만지작거리며 나루미에게 물었다.

"애플민트야. 가져가도 돼."

기르기 쉽다고 해서 봄에 심은 민트가 다 먹기 힘들 정도로 왕성하게 자라버렸다. 친정에 사는 아스미는 2주 전 엄마가 입원한 뒤로 전보다 더 자주 나루미 집에 왔고, 한번 오면 떠날 생각을 안 했다.

"아빠는 허브 같은 거 넣으면 다 남기거든. 로즈마리도 싫어하더라니까. 이상한 맛이 난다나. 어린애도 아니고 참."

그러면서 아스미는 풀에 손을 뻗어 이파리를 하나 떼더니 향을 맡았다. 이름처럼 사과 향이 나지는 않았다. 킁킁 콧바람을 불며 민트 이파리를 마당에 버렸는데 역풍에 휩쓸려 도로 다다미 위로 나풀나풀 떨어졌다.

"너 밥은 잘 해 먹니?"

나루미는 떨어진 민트를 주우며 물었다.

"고기가 들어가면 뭐든 다 좋아하니까, 아빠는."

건성처럼 보여도 아스미가 그런대로 잘 해나가고

있다는 것을 알기 때문에, 나루미는 엄마의 부재를 그렇게 걱정하지 않았다.

"그것보다 형부 어떡할 거야? 아빠 만나게 할 거야?"

나루미도 감출 생각은 없었지만, 사흘 동안 행방불명되었다는 사실도 포함해서 아직 부모님에게는 아무 말도 하지 않았다. 요즘 신지가 바쁘냐는 부모님의 물음에 그런 것 같다는 식으로 대답을 얼버무려도, 최근에는 그 이상으로 추궁하지 않았다. 둘의 관계에 문제가 생겼다는 사실을 두 분 다 어렴풋이 알아차렸기 때문일 것이다. 단순히 디스크라 다행이었지만, 엄마의 입원은 큰 사건이었다. 이런 시기에 쓸데없는 걱정까지 끼치고 싶지 않다는 마음도 있었다.

"아니, 조금 더 상태를 보려고. 갑자기 만나게 하면 엄마 놀라서 쓰러져서 안 돼."

"보통 일이 아니네."

사실 큰일이라도 난 듯 소란 피우기 싫었다. 아직 병명도 모르고, 그냥 사람이 조금 바뀐 것뿐이지 않은가.

"그러게. 뭐, 나는 지금의 형부가 더 좋으니까. 귀

엽거든."

나루미는 귀엽다는 말에 어떻게 반응해야 할지 몰라 대꾸도 못 하고 가만히 있는데, 신지가 거실로 들어왔다. 통신 판매로 산 대나무 발이 다그락다그락 소리를 냈다.

"안녕하세요, 형부."

"어, 아스미 왔구나. 편하게 놀다 가."

그렇게 말하더니 신지는 바닥에 앉아 상체를 뻗어서 방석을 끌어왔다. 너무나 자연스러운 행동거지로 보이지만 딱 하나 거슬리는 부분이 있었다.

"아스미 씨라고 해야지. 언제부터 말을 놨다고."

분명 아스미도 놀랐다. 병원에서 막 돌아온 어제만 해도 마치 처음 보는 사람을 대하는 것 같았기 때문이다.

"아, 그렇구나. 아스미 씨라고? 아스미 씨."

뇌 질환이라면 당연히 기억에도 문제가 생긴다. 만약 본인이 자기 병을 자각하고 있다면, 자기도 모르게 모르는 것을 아는 척할 가능성도 있다고 담당의가 말했다. 분명히 예전의 신지와 다른 언동을 많이 했지만, 속이려는 것처럼 보이지는 않았다. "차 마실래?" 나루미는 그렇게 말하고 부엌이라고 하기도 민망한 시골집 주방으로 향했다.

다다미 8장 크기의 거실과 6장 크기의 부엌이 맹장지 바른 문을 사이에 두고 이어져 있었다. 집을 고칠 때 벽을 뚫어 거실과 주방을 잇자는 이야기가 나왔지만, 견적서를 보고 깨끗하게 포기했다. 저금해둔 돈을 고려해, 고풍스러운 목조 건물의 매력을 최대한 끌어내는 쪽으로 방향을 바꾼 것이다. 접어 쓰는 밥상과 오래된 오동나무 서랍장, 부재중 전화도 녹음이 안 되는 검은색 전화기를 남겨둔 것도 그 일환이었다. 우리집 콘셉트는 일본식 앤티크라고 나루미는 주장하고 있었다.

"저기요, 저 알겠어요?"

아스미는 걱정하기보다 놀리는 것처럼 보였다.

"알지, 그럼. 나 괜찮아, 걱정하지 마."

신지는 병원에서 돌아온 직후에는 표정 변화가 거의 없었지만, 하룻밤이 지나자 다시 애교 섞인 미소도 지을 줄 알게 되었다. 아스미는 안심이 되면서도 어딘가 부족하다는 느낌을 받았다.

"모르겠는 것 있으면 뭐든 물어보세요."

"그럼 하나 물어봐도 될까?"

이렇게 빨리 반응할 줄 몰랐던 데다가 말투가 약간 직설적인 것에 아스미가 놀란 표정을 지었다. 신지는 또 질문했다.

"아스미 씨와 나의 관계는 뭐지?"

아, 역시 이 사람 문제가 있구나. 아스미는 생각했다. "음, 일단 저희는 가족인데."

"미안한데 나한테는 여자 형제가 없어."

"그렇게 딱 잘라 말하시면 저 상처 받아요."

말은 그렇게 했지만, 아스미는 형부가 무슨 말을 하려는지 감이 왔다. 처제의 개념을 모르는 것이다.

"그래도 우리는 한 가족이 된 거잖아요."

"가족." 신지는 아스미의 말을 따라 했다.

"아, 가족도 모르겠어요? 뭐라고 하면 되지? 혈연? 더 어렵나?"

"아니야. 가족, 혈연. 응. 그거 되게 중요한 거야. 계속해봐."

신지는 꼭 생각하는 사람처럼 턱에 주먹을 괴고 답을 기다렸다. 하지만 더할 나위 없이 상식적인 것을 묻는 질문이었다. 필요 이상으로 신중해진 신지를 보고, 아스미는 자기도 모르게 웃음을 터뜨렸다.

"그러니까요, 저랑 언니는 같은 부모한테서 태어났어요. 신지 씨는 제 언니인 나루미와 결혼을 했으니까 저한테도 오빠, 즉 형부가 되는 거예요. 우리 엄마는 신지 씨의 장모, 즉 어머니가 되는 거고요, 아빠도 마찬가지예요. 이게 가족이라는 거예요. 알겠죠?"

"그렇구나, 그런 거였구나."

나쁜 의도는 없지만, 아스미는 이런 상식적인 것을 진지하게 가르쳐주고 있는 자신의 모습이 어쩐지 우스워 보였다.

"그렇구나. 여동생, 처제구나. 혈연 그리고 가족. 집안이라는 말도 같은 뜻인가?"

"맞아요, 집안. 이제 아시겠어요?"

그럼 이제 이 이야기는 그만하자며 아스미는 데구루루 굴러 바닥에 누웠다. 천장에 솜처럼 뭉친 먼지가 매달려 있다가 흔들리는 것이 보였다. 정말 웃을 일이 아니라고, 신지의 증상을 직접 눈으로 확인하고 나서야 실감했다.

"다시 확인해볼게. 괜찮지?"

목소리와 함께, 아스미의 눈앞으로 신지의 얼굴이

불쑥 들어왔다. 확인이라니?

몸을 기울여 아스미를 들여다보는 신지의 눈이 진지하게 불타올라 묘한 박력이 느껴졌다.

"나루미는 당신한테 뭐지?"

귀찮다기보다는, 조금 무서워졌다.

"어, 언니요." 목소리가 평소보다 높고 날카롭게 나오는 것이 스스로도 느껴졌다.

"언니란 뭐지?"

강하고 또렷하게, 신지는 신문이라도 하듯 물었다. 아스미는 겁이 났다.

신지는 마치 일생을 건 수학 문제의 해답을 눈앞에 둔 수학자 같았다. 그의 눈은 안달이 나 있었고 기대에 찼으며 대답을 갈망하고 있었다. 그 눈은 아스미를 집어삼킬 것만 같았다. 아스미로 하여금 자신이 무언가 중대한 비밀을 알고 있다고 착각하게 할 정도였다.

반복되는 질문에 같은 말을 되풀이할 수밖에 없어진 아스미는, 그래도 적당한 말을 찾으려 했다. 거대한 중력을 생성해내는 그의 시선을 고스란히 받으며, 아스미는 검게 빛나는 신지의 눈동자 안에서 동공이 점점 커지는 것을 보았다.

"고마워. 그거 내가 가져갈게."

그렇게 신지가 중얼거린 순간, 아스미는 몸을 짓누르던 힘으로부터 해방되었다. 아주 잠깐 동안 몸이 1센티미터 정도 사뿐히 떠올랐다가 떨어지는 것 같았다.

"하아."

등을 깔고 드러누운 채로 아스미는 대답인지 한숨인지 모를 소리를 뱉어냈다. 이상하게 조금 피곤해진 것 같기도 했다. "내가 지금 뭘 하고 있었지?" 의아해하면서 눈을 감자, 두 눈 가득 고여 있던 눈물이 귓속으로 흘러들었다. 아스미는 눈물을 흘리고 있었다. "어? 나 왜 이러지?" 왜 눈물이 나는지 자기도 이유를 몰랐다.

"어머, 뭐야. 왜 그래?"

커피 잔을 얹은 쟁반을 들고 오던 나루미가 아스미의 눈물을 보고 언성을 높였다.

"신짱, 애한테 뭐라고 그랬어?"

"아니야, 그런 거 아니야, 미안. 왜 이러지? 렌즈에 뭐가 꼈나? 잠깐 눈 좀 씻고 올게."

아스미는 별일 아니라는 듯 일어나 거실을 나갔다.

나루미는 반 농담으로 건넨 말이었는데, 뜻밖에 당황해
하는 아스미를 보고 대꾸할 말을 잊어버리고 말았다.

나루미는 상 위에 커피 잔을 나란히 놓은 뒤 쟁반
을 품에 안은 채로 자리에 앉았다.

"신짱, 우유 좀."

뭘 잊어버린 것 같았는데, 우유였다. 등 뒤에서 신
지가 일어서서 걸어가는 기척이 느껴졌다. 나루미는
그에게 계속 말을 걸었다.

"쟤가 왜 저러지? 무슨 말 한 거 아니야?"

얼굴을 휙 뒤로 젖혀봤지만 신지는 나루미의 시야
에 들어오지 않았다.

"…미안해. 나루미한테 소중한 사람인 줄 몰랐어."

신지의 말이 무척 슬프게 들렸다. 방금 어떤 표정
으로 말한 거야?

"신짱?"

나루미가 몸을 뒤로 돌렸을 때, 거기에 신지의 모
습은 없고 냉장고를 닫는 소리만 흩날리고 있었다.

6

멀리서 제트 엔진의 굉음이 점점 다가오자, 얇은
유리창이 나무 창틀 사이로 진동하며 요란한 소리를
냈다. 낡았다는 표현이 서운할 정도로 폭 삭은 민박
집이었다. 사쿠라이는 비행기 소리보다 그 달그락거
리는 기분 나쁜 소리에 잠에서 깼다. 미군 전투기였
을까? 창문 밖 하늘에 비행운이 보이지는 않았다.

첫날부터 문제가 생긴 것은 좋은 징조였다. 이왕
이렇게 된 거, 비즈니스호텔이 아니라 민박집에 머물
자고 예정을 변경한 것도 그 때문이었다. 르포 작가
는 때와 장소를 잘 만나야 했다. 그래서 사쿠라이는
이따금 이렇게 일부러 예정을 변경했다. 우연에 자

연스럽게 몸을 맡길 줄도 알아야 하는 법이다. 그 결과가 고작 기분 나쁜 이 창문 소리뿐일지라도 나쁘지 않다. 이런 애잔함이 나중에 좋은 기삿거리가 된다.

사실 민박집과 비즈니스호텔은 금액 면에서는 차이가 없기 때문에 어디든 상관없었다. 하지만 이 민박집의 유일하면서도 결정적인 문제점은 인터넷 연결이 안 된다는 것이었다. 기대할 여지조차 없다. 필수 조건인데 확인하는 것을 잊고 말았다.

어두컴컴한 방에서 노트북을 앞에 두고 무릎을 끌어안고 있어봐야 소용이 없었다. 어젯밤에는 텔레비전을 보면서 (텔레비전도 동전을 넣지 않으면 작동을 안 했다) 도쿄에 있는 편집자와 동료 기자에게 전화를 걸어서 시간을 때웠다. 사쿠라이는 휴대폰의 연락처 화면을 열어 스크롤을 내리면서 지금 외로움을 타는 건가 자문해봤다. 그렇게 이 사람 저 사람과 이야기를 나누던 중에 운 좋게 재밌는 이야기를 들을 수 있었다. 이 마을에서 일어난 그 문제의 사건에 관한 것이었다. 할머니가 아들 부부를 마구 찌른 다음 자살했다는 사건.

이 사건에는 몇 가지 기묘한 점이 있다고 했다. 일흔한 살 여성이 2대 1로 목숨을 건 사투를 벌였다는 것도 놀랄 일이지만, 그 이후의 자살 방식이 예사롭지 않다는 것이었다. 할머니는 산 채로 자기 몸을 해부한 것 같은 대담한 기예를 선보였다. 게다가 할머니에게서 이렇다 할 동기조차 찾아내기 어려웠다.

식칼과 부엌 가위로 열어젖힌 복부는 흡사 무쇠팔 아톰이 다녀간 듯 빈틈없이 잘려 나갔다. 소장 대부분이 밖으로 나와 있었고 그 주변 장기도 근처에 떨어져 있었다. 할머니는 그 상태로 의식을 잃은 모양이었다. 구멍 뚫린 비닐봉지에서 흘러나온 물건을 긁어 담는 듯한 자세로 쓰러져 있었다는 것이다.

마취도 없이 자신의 몸에 이만한 상처를 낼 수 있는 사람은 없다. 손목 한번 긋는 것도 마음대로 안 되는 것이 인간이다. 검시관이 고개를 갸우뚱할 수밖에 없었다.

피바다가 된 부엌에 할머니 말고도 시신이 두 구 더 있었는데, 모두 어설프게 해부되어 있었다. 마치 어린애가 호기심에 갈기갈기 찢어놓은 곤충 같았다. 거기서 혼자 살아남은 열여섯 살 손녀가 모든 상황을 목격했고, 그녀의 증언으로 할머니의 범행이 확인되었지만 타살 가능성도 아주 배제할 수는 없었다.

구급대원이 그곳에 도착했을 무렵, 손녀 다치바나 아키라는 방 안 구석에 쪼그리고 앉아 있었다. 넋이 나간 사람 같았다. 구급대원이 그녀에게 조심스럽게 말을 걸자, 그녀는 이렇게 대답했다고 한다.

"미안. 이렇게 될 줄 몰랐어."

이건 또 무슨 말인가? 할복이 취향인 듯한 할머니는 일단 제쳐두고, 사쿠라이는 이 손녀의 말이 걸렸다. 자신이 이 사건에 관여되어 있다고 암시하는 것 같았기 때문이다. 고기를 잘못 구웠다고 가족끼리 싸움을 벌이다 살인을 저지른 경우도 보기는 했지만, 설마 아침 식사 식단 때문에 살인이 일어났을 리는 없다. 동기를 찾을 수 없는 사건만큼 찜찜한 것도 없다. 할머니에게 섬망이나 치매 증상이 있어 정신착란으로 생긴 일이라고 결론지을 수는 있겠지만, 아무래도 손녀의 말이 수수께끼였다. 사쿠라이는 석연치 않은 기분에 전화를 끊고, 머릿속에서 손녀의 말을 굴려봤다.

손녀 다치바나 아키라는 이 마을 병원에 입원해 있다.

사쿠라이는 이른 시간에 민박집을 떠나, 자위대 주둔지 부근을 미리 봐두려고 돌아다녔다. 춥지도 덥지도 않은 초여름 아침, 어렴풋이 바다 냄새를 머금은 바람이 불어와 기분이 좋아졌다. 태양이 하늘 높이 걸리기 전에 식당을 찾았지만 선택지가 그리 많지 않았다. 아무런 지방색도 느껴지지 않는 라면집에 들어서자 가게 안 텔레비전에서 그 사건 소식이 흘러나오고 있었다. 사쿠라이는 사건의 내용을 살펴보려고 했지만, 나이 지긋한 중년의 가게 주인이 채널을 바꿔버렸다. 내의처럼 생긴 브이넥 티셔츠에 주인 아저씨의 젖꼭지가 그대로 비쳐 식욕이 떨어졌다. 덴신동*[1]과 미니라면 세트를 선택한 것은 명백한 실패로, 귀중한 브런치를 다 망쳐놓았다.

역 앞으로 돌아와 '위클리 맨션'이라고 이름 붙은 숙소에 짐을 던져놓은 뒤, 다시 한번 무작정 길을 나

*

1 일본식 중화요리 중 하나로, 밥 위에 오믈렛을 덮은 요리.

섰다. 목적지 없이 나가볼 작정이었다가 수첩에 적어
둔 다치바나 아키라의 주소를 서둘러 확인했다.

참극이 일어난 장소에 가보면 신기하게도 특유의
분위기라는 것이 있다. 선입견일 수도 있지만, 실제
로 불길한 기운을 느끼는 사람도 많다. 사쿠라이 역
시 다치바나의 집 근처에 이르렀을 때 곧바로 그 집
을 알아봤다. 마당 딸린 단독주택이 늘어선 주택가에
그 집만 푸르스름한 불꽃에 휘감겨 있는 것처럼 보였
다. 집 앞에는 취재를 온 기자들이 몇 명 있었는데,
수가 생각보다 적었다. 문에는 출입 금지 구역임을
알리는 노란색 테이프가 쳐져 있었고, 현관까지 파란
색 비닐이 깔려 있었다. 이런 소품들이 이곳이 문제
의 '현장'임을 한눈에 알 수 있게 분위기를 조성하고
있었다.

사쿠라이라고 이곳에서 특별히 할 일이 있는 것은
아니었다. 그래서 일단은 담배에 불을 붙여봤다. 차
를 멈추고 창밖으로 얼굴을 내미는 구경꾼도 가끔 있
었다. 스스로 언론인으로서 자부심을 가진 사쿠라이
도, 남이 볼 때는 구경꾼에 지나지 않을지도 모른다.
재밌어 보이는 일에 고개를 들이밀고 보는 것이 천성

이었는데, 이번에는 들이밀 틈조차 없어 보였다.

사쿠라이는 막연히 사건에 대해 생각하기 시작했고, 그러다 자기처럼 집 주변을 배회하는 소년과 눈이 마주쳤다. 대학생 아니면 고등학생일까? 엉덩이까지 내려 입은 청바지 밖으로 체인월렛이 삐져나와, 걸음을 뗄 때마다 짤랑거리는 소리가 났다.

"당신 다치바나 아키라 관계자야?"

소년이 느닷없이 말을 걸었다.

"아닌데. 너는?"

질문을 해도 답은 없고, 기묘한 침묵의 시간이 흘렀다.

"너는, 뭐? 끝까지 말해."

"아, 너는 다치바나 아키라 친구야?"

"아니야. 그런데 만나야겠어. 어떻게 하면 만날 수 있어?"

반말이다. 그것도 아랫사람 다루듯이. 이 소년은 정체가 뭘까? 사쿠라이는 불쾌감보다 호기심을 이길 수 없었다.

"실은 나도 그 애를 만나야 되는데. 어떻게 하면 좋을까?"

잘은 모르겠지만 재밌을 것 같은 냄새가 났다. 사쿠라이는 그런 생각을 하며 소년이 이제 어떻게 나올지 살폈다.

"당신 어른이야?"

"글쎄, 어른인 것 같은데."

"어른이라는 거야 아니라는 거야?"

"어른이야."

"난 슬프게도 아직 애야. 직업은 뭐야?"

사쿠라이는 자신이 프리랜서 르포 작가이며, 이 마을에 온 지 이제 겨우 하루가 지났다고 말했다. 소년은 그의 말을 듣고 "지적인 외부인"이라는 표현을 썼는데, 사쿠라이의 직업이 마음에 든 모양이었다. 소년은 사쿠라이를 품평이라도 하려는 듯 뜯어보는가 싶더니, 처음으로 미소를 지어 보였다.

"좋네. 그런 거 찾고 있었어. 내 가이드가 되어줘."

"가이드?" 안내가 필요한 건 나인데 무슨 소리인가 싶었다. 아니면 기자 지망생인가? 설마 내 제자가 되고 싶다는 거야? 아니지, 무슨 고백하는 것도 아니고.

"목적은 같잖아? 가이드로 계약해주면 나도 그만큼

도움이 될 거야. 기삿거리 찾고 있지?"

아직 앳된 얼굴과, 어울리지 않게 어른스러운 말투. 그런 소년의 언동에 사쿠라이는 신비로운 매력을 느꼈다. 장난 같아 보이지는 않았다. 사쿠라이는 도로 위의 차들을 피해 갓길에 있는 그늘로 갔다. 그러자 잠시 잊고 있던 무더위가 다시 몸을 데워 손으로 목덜미의 땀을 닦았다.

"계약이라니. 너 뭐 하는 애야? 악마야?"

"악마? 그건 이미지가 없는데. 일단 외계인인 걸로 되어 있거든. 비밀이야."

외계인이라고.

어느 별에서 왔니? 병원에서 온 건 아니었으면 좋겠는데. 사쿠라이는 이름을 물어봤다.

"아마노."

평범한 이름이다. 아니다, 우주에서 왔다고 하늘 천天 자를 썼을지도 모른다.

"아마노天野… 별에서 왔어?"

"별은 상관없어."

망설임 없이 술술 대답하는 건, 자신의 망상에 완전히 사로잡혀 있기 때문일까? 사쿠라이는 속으로 의

심하면서도, 광기와는 다른 무언가를 느끼고 있었다. 조금 더 이야기를 나누고 싶어졌다.

"아무튼 알았어. 아마노란 말이지? 나는 사쿠라이라고 해, 잘 부탁해. 가이드를 하면 내 영혼을 팔아야 되거나 그런 건 아니지?"

"아니야. 직업을 가진 어른이 여러 가지로 더 편하잖아. 그러니까 당신 같은 사람이랑 같이 있으면 도움이 되겠지. 이런 걸 보호자라고 하나?"

자칭 외계인은 말썽이 생기는 것을 싫어하는 모양이었다. 유감스럽게도 출신 지역은 지구, 거기다 시골에서 미용 전문 학교에 다니는 열여덟 살 고등학생이다. 아마노는 그런 것을 "의미 없는 정보"라고 말하면서 학생증과 면허증을 사쿠라이에게 건넸다. 다치바나 아키라와 만난 적은 없지만, 신문을 보고 자신의 동료라는 사실을 직감했다고 했다. 동료라면 당연히 그녀도 외계인이라는 말이다. 모두 셋이 함께 왔는데 어쩌다 착오가 생겨 뿔뿔이 흩어졌다고 했다. 이런 계획성 없는 외계인 같으니라고.

"미안한데, 어디까지 믿으면 되는 거야?" 사쿠라이는 자기도 모르게 아마노의 말을 끊었다.

"다 믿어. 나는 거짓말은 안 해, 시간 아까우니까. 거짓말의 일종인 농담이나 빈말도 안 해. 그러니까 사쿠라이 당신도 그런 거 할 생각 마. 귀찮으니까."

외계인이라는 말은 망상이라고 치고, 그렇다면 다치바나 아키라와 이 소년이 정말로 아는 사이일까? 범죄자를 영웅시하는 어린 학생들이 있다는 것은 흔한 이야기이지만, 아마노가 그런 식으로 다치바나 아키라를 특별시한다는 느낌은 들지 않았다. 사쿠라이의 관심은 이미 다치바나 아키라에서 아마노로 옮겨가 있었다. 말장난 같은 농담을 이렇게나 당당하게, 그리고 빈틈없이 떠드는 이 소년에게 말이다.

"좋아. 가이드하지 뭐."

"고마워."

그러더니 아마노는 손을 내밀었다. 사쿠라이가 손바닥에 난 땀을 바지에 닦자, 아마노도 똑같이 흉내를 내려고 내민 손을 뒤로 뺐다. 사쿠라이는 그 행동이 어쩐지 아마노답지 않아 웃음이 나왔다. 악수. 아마노의 손은 이티ET와는 달리 피가 통하는 사람 손이었다. 자칭 외계인의 동료가 된 사쿠라이는 곧바로 질문을 날렸다.

"그런데 외계인이 뭐하러 지구에 왔어?"

"조사하러. 이 세계 고유의 개념을 수집하러 왔어."

"개념?"

"응, 개념. 아, 괜찮아. 당신 건 안 뺏어. 가이드니까."

"아, 그래? 고마워. 그런데 조사해서 뭐하려고? 설마 침략하려고?"

"침략해야지. 외계인이 다 그렇지, 뭐."

헐, 지구 이제 큰일 났다. 사쿠라이는 웃음이 터지는 것을 감추려다가 목이 메었다. 내일모레 자위대에 취재하러 가야 하는데. 이걸 알려줘, 말아? 사쿠라이는 입가를 누르며 일단 맞장구를 쳤다.

"응, 그래야지."

아마노는 다치바나 아키라와 접촉할 계획을 짜자며 서둘러 리더십을 발휘했다.

"사쿠라이, 그럼 이제 그만 갈까? 저기 패밀리 레스토랑에서 회의하자."

지구 침략 회의는 패밀리 레스토랑에서 하는구나.

시치미 뗀 얼굴로 걷기 시작하는 아마노를 쫓아가며 사쿠라이는 생각했다. 이거 완전히 이쪽이 쫄따구 아닌가, 하고. 어른의 위엄을 보여줘야 한다. 사쿠라이는 아마노를 불러 세웠다.

"아마노, 잠깐만. 그런데 말이야, 내가 나이가 더 많은데, 사쿠라이라고 막 부르는 건 좀 그렇지 않아?"

이런. 위엄을 보여주겠다며 쥐어짜낸 말이 이거라니.

"그럼 사쿠라이 씨라고 하면 돼?"

"어, 그래 줄래? 미안."

"신경 쓰지 마."

"어, 그래."

다시 걷기 시작한 아마노의 뒷모습을 바라보며 사쿠라이는 속으로 중얼거렸다. 에라, 모르겠다.

7

"힘든 상황인 건 잘 알겠는데요⋯."

결혼식에서 딱 한 번 본 적 있는 신지의 상사는 노골적으로 싫은 내색을 비췄다. 나루미는 신지의 휴직 신청서를 제출하기 위해 처음으로 남편의 회사에 왔다. 휴직 중 월급은 어떻게 되는지 추후 연락을 줄 거라면서, 휴직이 길어지면 퇴사해야 할 가능성도 있다고 못을 박았다. 보험에 대해서 공부해봐야겠다고 다짐하며 응접실을 나오는데, 온 사무실 직원의 시선이 자신에게 꽂히는 것이 느껴졌다. 나루미는 누구와도 눈을 마주치지 않으려고 시선을 피하며 엘리베이터까지 걸음을 옮겼다. 그리고 "뭘 봐"라고 남몰래 중얼거리며 한 방 때리듯 가방 모퉁이로 엘리베이터 버튼을 눌렀다. 엘리베이터를 타려는데 한 여자 사원이 불쑥 나루미에게 말을 건넸다.

"몸조리 잘 하라고 전해주세요."

"감사합니다."

대답하자마자 문이 닫혔다. 이름을 물어봤어야 하는데 깜빡했다는 생각에 빠져 있다가 그만 내릴 층의 버튼을 누르는 것을 깜빡했다. 5초 정도 네모난 통 안에 쓸데없이 갇혀 있었다는 것을 깨닫고 주먹으로 1층 버튼을 누르자, 필요도 없는 2층 버튼까지 눌렀다. 2층에서 문이 열리면 재빨리 닫아주겠다는 마음으로 닫힘 버튼 위에 손가락을 올려두고 있는데, 2층에서 엘리베이터가 만원이 되어버렸고, 건물을 빠져나올 때가 되어서야 사무실에 우산을 두고 온 사실이 떠올랐다.

"흥, 그까짓 우산 가져라, 가져."

해안 길을 달려 집에 도착하자, 툇마루에는 신지가 좌선하는 자세로 앉아 있었다.

"신짱, 나 그 회사 싫어."

나루미가 입을 열자마자 뱉어낸 말에 신지는 아무

런 반응이 없었다. 나루미는 밥상에 팔꿈치를 괴고 잠시 가만히 신지의 뒷모습을 바라봤다.

"비다." 신지는 마당을 보며 말했다.

"그러네."

퇴원한 지 사흘째, 신지는 말수가 확 줄었다. 증상이 좋아지는 것처럼 보이지만, 실제로 어떤지는 모른다. 애초에 무엇이 증상인지도 애매하다. "일단 상태를 지켜봅시다"라는 의사 말대로, 나루미는 신지를 관찰했다.

오늘 아침에는 7시에 일어났다. 우편함에서 신문을 꺼냈다. 샤워를 하고, 정장을 입고, 손목시계를 찼다. 밥상 앞에 앉아 텔레비전을 켜고, 신문을 훑어봤다. 신지가 보내는 아침의 일상에 나루미도 쭉 붙어 있었다. 누가 조종하는 것 아닌가 싶을 정도로 아침 채비가 막힘없이 진행되었다. 서로 나눈 대화라고는 "좋은 아침"이 전부였다. 그렇게 신지를 따라 다니다가 옆에 정좌를 하고 앉았을 때, 나루미는 그제서야 자신이 아직 파자마 차림인 것을 알았다. 동시에 신지가 지금 밥을 기다리고 있다는 사실을 깨닫고 서둘러 부엌으로 향했다.

냉동 크램차우더를 꺼내 눌어붙지 않게 나무 주걱으로 잘 저어주면서 나루미는 생각했다. '설마 원래대로 돌아간 건가?' 부엌에서 거실을 들여다보는데, 마침 그때 나루미의 등 뒤에서 토스터가 소리를 냈다. 신지는 그 소리에 반응한 것인지, 갑자기 목을 90도로 돌려 나루미 쪽을 봤다. 공포 영화를 연상하게 하는 신지의 움직임에 나루미는 깜짝 놀랐지만 180도 돌아간 건 아니라서 다행이다 싶었다.

차가운 데 둬서 딱딱해진 버터와 씨름하는 신지를 보며, 나루미는 물었다.

"회사 갈 거야? 왜 양복 입었어?"

"아니, 회사는 못 갈 것 같아. 습관 때문에 입었을까?"

두 가지 의문이 떠올랐다. '못 간다'는 말은 자기 증상을 자각하고 말한 것일까? '습관'이라는 말은 과거의 기억이 선명하게 남아 있다는 의미일까? 정말로 이 사람 정신이 돌아오고 만 것일까?

"그런데 이 넥타이라는 물건은 왜 하는 거야? 되게 걸리적거려."

역시 이상하다. 다행이다.

"패션에 의미를 찾으면 안 되는 거야."

"흐음."

나루미는 안심했다. 이상한 모습에 안심한 게 아니라, 옛날로 돌아가지 않았음에 안심했다.

빗줄기가 얇아지자 분위기가 더 감미로워졌다. 벌써 정오가 다 되어 가는데, 장마철이라 그런지 새벽 하늘처럼 사방이 뿌옜다. 여전히 나루미는 툇마루에 앉아 있는 신지를 바라보고 있었다.

"비가 신기해?"

"아니, 비는 알아."

"아무 데도 안 가고 오늘은 하루 종일 집에 있어야지 싶을 때, 이렇게 조용하게 비가 오면 꼭 집이 나를 지켜주는 것 같지 않아?"

신지는 생각에 잠겼다.

"미안해, 무슨 말인지 모르겠어."

"그래?"

나루미는 몸을 일으켜 전깃줄을 당겼다.

잠시 후 비가 그치자 신지는 입을 열었다.

"산책 갔다 올게."

발뒤꿈치에 난 상처 때문에 구두는 못 신기고, 그렇다고 샌들을 신겼다가 상처에 세균이 들어가는 것도 겁이 났다. 나루미는 신지를 어르고 달래 같이 차를 타고 나가기로 했다.

목적지 없이 달리는 차 안에서 나루미는 눈에 들어오는 건물들을 설명해줬다. 어렸을 적 친구인 유키네 집, 새로 지은 도서관, 유명한 전통 우산 전문점, 폐허가 된 사연 있는 호텔.

"내가 다녔던 초등학교야."

나루미는 결혼 전 처음 신지를 데리고 친정에 갔던 때를 떠올렸다. 그때도 이렇게 마을 곳곳을 안내했다. 그때 생각에 아련해졌지만, 신지는 기억 상실증 환자가 아니라는 사실이 곧 떠올랐다.

"기억나?"

이 질문이 입에서 나오자마자, 자신이 무의식적으로 줄곧 피해왔던 질문이라는 사실을 깨달았다. 기억 상실증이라고 믿고 싶었다. 기억 상실증이 아니고선 이렇게 아무렇지 않게 마주 볼 수 없다. 옛날 일은 다 묻어두고 앞으로의 일만 생각해야 한다.

"기억나."

듣고 싶지 않은 답이 나오자, 나루미는 실망했다.

그럼 어떻게 그렇게 아무 일도 없었다는 듯이 나를 볼 수 있는 거야? 나루미는 '병'이라 생각하고 모든 걸 내려놨는데, 이제 신지를 어떻게 대해야 할지 혼란스러웠다.

"기억하지 마. 리셋하고 온 걸로 생각할 테니까."

신짱이라고 부르며 좋아했던 자신이 한심했다.

"기억나. 나루미는 초등학교 5학년 담임 선생님을 제일 좋아했다는 것. 폐허가 된 호텔에 몰래 들어가서 고양이 사체를 봤던 것. 전통 우산은 종이로 만드니까 비를 피할 수 있을 리가 없다고 했던 것. 그런데 이게 전부 다 남이 쓴 일기를 읽고 있는 기분이야. 실제로 뭘 알고 말하는 건 아니야."

신지는 바다 쪽을 가리키며 말을 이었다.

"저기는 갰네."

구름 사이로 햇빛이 한 줄기 비쳤다. 정확하게 말하면 맑게 갠 하늘은 바다 위였다. 저기까지는 못 가. 나루미는 바닷가 쪽으로 향했다.

신지의 말은 단순하고 어떤 거짓도 속임수도 없어

보였다. 무언가를 물어보면 숨김없이 답해준다. 자기가 모르는 것은 답하지 않는다. 그럼 작년부터 몰래 만나던 여자가 누구냐고 물어보면 뭐라고 답할까? 그것도 숨김없이 말할래? 감기에 걸렸으면 친절하게 대해주겠지만, 환자의 특권에도 한계가 있는 법이다. 불만 있으면 덤벼보라지. 뇌 질환이 있다고 무죄 방면을 바라는 건 안 될 일이다. 그러고 보니 병에 걸려서 모든 것이 리셋되었다고 믿은 사람은 나였네? 나루미의 머릿속이 빙글빙글 돌기 시작했고, 자동차가 어느 틈에 중앙선을 넘어갔다. 맞은편에서 달려오는 차의 경적 소리가 가슴을 뚫고, 겨드랑이 아래에 땀이 맺혔다. 그럼에도 신지는 평온한 표정으로 창밖 경치를 즐기고 있었다. 정말이지 제정신이 아니다.

바람과 모래를 막으려 해안에 심어놓은 검은 소나무들은 기력을 잃은 듯 육지를 향해 비스듬히 서 있었다. 솔밭 안으로 산책로가 몇 개 있었는데, 그 길들은 마을의 수호신을 모신 신사로 연결되었다. '마린 파크'라는 이름만 붙여놓았을 뿐, 살벌한 공원이다. 나루미는 차를 세웠지만, 바닷가로 나가려면 솔밭을 지나야 했다. 이제부터는 걷는 것이다. 하지만 여전히 신지를 걷게 하고 싶지 않았다.

"다 왔어."

"사람이 없네. 바다로 가자."

"안 돼, 발이 더러워지잖아. 주스 사올게."

신지는 납득할 수 없다는 표정을 지었다. 그러고 창문을 열어 주위를 둘러봤다.

"지난주에는 굉장히 북적거렸는데."

지난주에는 축제가 있어서 산책로에 포장마차가 줄지어 있었다. 역시 왔었구나, 하고 나루미는 생각했다.

"뭘 찾는 거야?"

"사람."

"왜?"

"이야기하고 싶어."

"나랑 하면 되잖아."

"안 돼. 나루미는 가이드니까."

운전사가 된 기분이다. 신지도 나쁜 마음이 있어서 그러는 것은 아니겠지만 그 선한 면상에 화가 치밀어 올랐다.

"지난주 축제 때 누구랑 왔어?"

"회사 사람."

"애인?"

"응."

나루미는 자동차 열쇠를 뽑고 천천히 차에서 내렸다. 이 일련의 과정을 마치 유체 이탈한 또 다른 자신이 내려다보는 것 같았다. 유체 이탈한 쪽이 진짜 나다. 거짓말이 정말 싫지만, 거짓말하지 않는 게 더 싫다는 것을 깨달았다.

신지는 전부 다 기억하고 있다. 기억에는 문제가 없다. 신지는 거짓말을 하지 않는다. 거짓말하려는 노력을 하지 않는다. 전부 다 병 때문이다. 그러니까 여기서 화를 내면 나만 유치해진다. 나루미는 이런 순간에 논리적으로 사고하는 자신이 정말로 미웠다. 결정적인 순간에 유체 이탈을 해버렸다.

자판기 앞에서 얼마나 있었는지 모른다. 나루미는 둘이 마실 주스 캔을 뽑아 들고 자동차가 있는 곳으로 갔다. 하지만 조수석에 있던 신지는 사라지고 없었다.

8

솔밭과 바닷가 사이에는 콘크리트 담벼락이 있었
다. 담벼락에 100미터쯤 되는 간격으로 바닷가에 드
나들 수 있게 출입구가 설치되어 있었는데, 꼭 감옥
의 높은 담벼락에 나 있는 작은 출입구를 연상시켰
다. 신지는 벽에 난 출입구를 빠져나갔다. 그러자 눈
앞에 수평선이 펼쳐졌다. "우와." 자기도 모르게 소리
가 나왔다. 그는 자기 몸 안에서 피어나는 감각을 즐
기고 있었다. 비가 그친 바닷가는 여느 때보다 촉촉
했고, 저물기 시작하는 태양이 얇은 구름을 슬쩍 오
렌지색으로 물들이고 있었다.

신지가 본 풍경은 며칠 전에 본 바다와 확연하게

달랐다. 하지만 달라진 것은 풍경이 아니라 신지였다. '아름답다'는 말을 떠올려봤지만 어쩐지 딱 맞아 떨어지지 않았다. 느낌이 미묘하게 다르다. 신지는 어렵다고 생각했다.

바닷가로 나와도 사람이 없어 신지는 낙담했다. 낙담이 불러일으키는 감정의 변화를 신지가 느꼈는지는 확실치 않지만.

조금 있으니 담벼락 쪽에서 사람 소리가 들렸다. 학교 수업이 끝나고 집에 가는 중학생 남자아이 두 명이었다. 그들은 쇠라의 점묘화처럼 아름답게 물든 구름을 보고 감탄하고 있었다.

"와, 저기 봐! 쩐다."

"진짜네. 쩐다."

'쩐다'라는 단어가 일상에서 편리하게 쓰인다는 사실은 신지도 경험으로 알고 있었지만, 이 풍경이 정말 쩌는 것인지는 아리송했다. 둘이서 입을 모아 그렇게 말하는 것을 보면, 그렇긴 한가 보다.

"와, 레알 쩔어."

또 나왔다. '쩐다'라는 단어는 섣불리 썼다가 실패하는 경우가 많아서, 이 단어가 들어간 문장을 말할 때마다 거의 매번 다른 말로 다시 설명해야 했다. 이번에야말로 제대로 학습할 기회라는 생각에 신지는 중학생들에게 다가갔다.

"그러게 말이야. 확실히 저거 정말 쩐다. 그렇지? 쩔어."

웃는 얼굴은 타인의 경계심을 풀어준다. 요 며칠간 신지가 익힌 기술이다. 특히 순간적으로 의도치 않은 침묵이 흐를 때 효과가 좋다. 한 대 얻어맞기라도 한 듯 입을 벌리고 있는 중학생들에게 신지는 안면 근육을 이용해 회심의 미소를 지었다.

중학생들은 움찔하더니 경직된 상태로 '저 아저씨가 뭘 잘못 먹었나?'라고 말할 때의 표정이 되었다. 두 학생은 쏜살같이 도망쳐버렸다. 아무래도 수상한 미소를 머금고 접근하는 삼십 대 아저씨로 보인 것 같았다.

신지는 "끙" 소리를 내더니 반대 방향으로 걷기 시작했다.

비에 젖은 모래사장은 평소보다 걷기 쉬웠지만 역시 힘은 더 들었다. 발의 상처가 따끔거리며 자극되

71

자 신지는 혼자 방파제 위로 올라가 옛날 청춘 영화의 한 장면처럼 터벅터벅 걸었다.

잠시 그렇게 걷다 보니 방파제 오른편에 펼쳐진 모래사장의 폭이 점점 좁아져 가파르게 깎여 나갔고, 나중에는 모래사장이 없어지고 바닷물이 곧장 테트라포드에 부딪혔다. 왼편으로는, 솔밭이 나오면서부터 방파제와 나란히 뻗어 있는 국도가 보이기 시작했다. 그 너머에 바닷바람에 녹이 쓸까 봐 나무로 만든 가정집이 늘어서 있었다. 미역이 이불처럼 널려 있는 마당에서 노인이 낚싯대를 천으로 닦다가 신지에게 말을 걸었다.

"날이 갰네!"

신지는 여느 때처럼 웃는 얼굴을 지어 보이며 "날이 갰네요"라고 똑같이 흉내 내어 맞장구쳤다. 인사말에 속하는 말들은 같은 말로 대답하는 것이 가장 좋다. 이 사실은 경험을 통해 알았다. 시간이나 계절, 날씨에 관련된 질문을 건네는 이유는 정보 교환의 목적이 아니라, 말하자면 암호 같은 것이다. 틀리기라도 하면 바로 적이 되는 것이다. 같은 말로 대답하는 것이 가장 무난하지만, 가끔 진짜로 정보를 원해서 묻는 경우도 있어 어렵다.

"아직 젖어 있으니까 자칫하면 미끄러져요."

이것은 예언이 아니라 아마도 충고일 것이다. 인사일지도 모른다. 안 미끄러진다고 부정할 것인가, 아니면 '그러게요'라고 동의할 것인가. 신지는 고민했지만, 이럴 때는 웃으면 된다.

"하하하." 신지가 웃는 얼굴을 보이자 노인도 똑같이 웃었다. 이번에는 맞췄다.

최근에 신지의 말수가 줄어든 이유는, 자신의 대화법이 자연스럽지 않다는 사실을 깨달았기 때문이다. 타인과 첫 만남에서 암호 풀기의 난관을 거쳐야 했으므로, 이 단계를 실패하면 인간으로 인정받지 못하고 의미 있는 대화로 넘어갈 수 없었다. 신지는, 인간이란 아무래도 무의미한 말을 주고받으며 혼돈에 빠지는 존재 같다는 생각을 했다. 자연스럽게 행동하지 못하면 또 병원에 실려가 질문 공격을 받는다. 질문하는 것이 자기 일인데, 질문을 받아서야 체면이 말이 아니다.

노인은 신지가 방파제 위에서 내려오는 것을 보고 마음이 놓였는지 다시 낚싯대를 집어 들었다.

조금 더 걸어가보니, 아침이슬처럼 반짝이는 물방울을 머금은 잔디밭이 눈에 들어왔다. 신지는 성큼 잔디밭으로 발을 내딛었다. 그러자 샌들의 틈 사이로 물이 스며들어 발에 감아놓은 붕대가 젖는 느낌이 났다. 정성스레 손질한 잔디에 마치 통조림통을 눌러 넣은 것 같은 구멍이 있었다. 구멍 안에는 하얀 달걀이 하나 들어 있었다. 가만 보니 이 장소가 골프장처럼 생겼다는 생각이 들었다. 신지는 달걀을 주웠다. 역시 예상대로 골프공이었다.

"저기요. 아저씨 잠깐만요."

어디선가 사람 목소리가 들렸다. 신지는 주위를 둘러봤지만 아무도 없었다.

"뭐 하세요?"

목소리는 머리 위에서 들렸다. 2층 창문에서 한 청년이 얼굴을 내밀고 있었다. 스무 살 정도 되었을까?

"아, 뭐, 그냥." 신지는 애매하게 대꾸했다.

"왜 여기 있어요?"

"그러는 너는 왜 여기 있어?"

청년은 순간 생각에 잠겼다.

"그것 참 근본적인 질문을 하시네요. 뭐, 좋아요.

왜 내가 여기 있냐면 여기가 내 집이니까요. 알았어
요?"

"아, 그래?"

"그리고 여기는 우리집 마당이고요."

"산책하다 보니까 들어왔어."

"괜찮아요, 뭐. 닳는 것도 아니고." 청년은 혼잣말
같은 말을 하고는 창문 안으로 쏙 들어갔다.

청년은 10초 정도 있다가 다시 창밖으로 얼굴을 내
밀었다. 그랬더니 마당에는 조금도 이동하지 않은 신
지가 바로 그 자리에 여전히 서 있었다. 그것도, 엄마
닭이 오기를 기다리는 병아리처럼, 꿋꿋하게 고개를
들고 있었다. 청년은 예상치 못한 광경에 놀라며, 신
지가 서 있는 모습에 섬뜩함을 느꼈다. 잠시 어색한
침묵이 생긴 것을 깨달은 신지는 방긋 웃어봤다. 좋
은 의도로 한 행동이었지만, 간담이 서늘해진 청년은
움찔했다.

"저기, 괜찮으세요?"

"응. 괜찮아."

"…아저씨 이름이 뭐예요?"

"신짱."

청년은 큰 과제라도 떠안았을 때처럼 미간을 찌푸리며 겨우 입을 열었다.

"…저기요, 아저씨 정도 나이가 되면 자기 이름에 '짱'을 붙이는 건 좀 그렇거든요."

"동료가, 아니 아내가 그렇게 불러."

청년은 자기 앞에 있는, 이 머리가 조금 모자라 보이는 사람에게 아내가 있다는 사실을 알고 순간적으로 패배감에 사로잡혔지만, 거짓말일 수도 있다고 마음을 고쳤다.

"알았어요. 금방 어두워지니까 얼른 집에 들어가세요."

청년의 말이 떨어지기 무섭게 신지는 아무런 거리낌 없이 눈앞에 있는 현관으로 걸어가 손잡이를 잡았다.

"잠깐, 잠깐, 아저씨?" 신지는 짤가닥 소리만 나고 열리지 않는 문손잡이를 잡고 흔들었다.

"지금 뭐 하는 거예요!"

"집에 들어가라며."

"내가 그랬죠, 여기는 내 집이라고요."

"내 집. 그래."

"아니 내 집!"

엄한 사람한테 걸려들었다 싶은 생각에 청년은 일단 창가에서 물러났다. 그러자 신지가 목소리를 높여 그를 불렀다.

"가지 마! 가르쳐줘. 잘 모르겠어서 그래. 다 똑같은 집이고, 다 내 집이야. 다른 말로는 신짱네 집, 우리집이라고도 해. 이 집도 내 집, 우리집이랑 뭐가 달라?"

청년은 창틀에 손을 대고 아랫입술을 핥았다.

"재밌는 이야기를 하시네. 나 이런 대화 싫어하지 않아요. 그게 어떻게 다르냐면… 인류는 신짱이 생각하는 것만큼 모두 다 형제는 아니에요."

청년은 자신의 답변에 만족스러운 듯했지만, 신지는 여전히 이해가 안 갔다. 여기서 형제가 왜 나오나 싶었던 것이다. 신지는 다시 물었다.

"이걸 어떻게 말해야 하지? 내 집은 왜 내 집이야?"

"아저씨가 사는 집이니까."

"이 집에 살 수도 있잖아."

"아니죠, 못 살죠. 이건 내 집이니까, 마루오의 집이니까." 마루오라고 이름을 댄 청년이 양팔을 크게 벌려 자기 집의 소유권을 온몸으로 표현했다. "마루오의 집!"

신지는 마루오를 가리키며 "마루오의 집"이라고 따라 해보더니, "그럼 저 집은?"이라며 집게손가락을 옆으로 밀며 바로 옆 목조 건물을 가리켰다. 마루오는 "야쿠모 씨의 집, 사나다 씨의 집"이라고, 신기할 정도로 이웃 사람들의 이름을 일일이 대며 누구 집인지를 설명해줬다.

"후루하시 씨의, 의. 이게 문제구나. '의'가 뭐야?"

질문의 의미를 알 수 없었지만 신지의 목소리에는 묘하게 설득력이 있었다. 덕분에 마루오는 초조함이 누그러지는 느낌이 들었다.

"…의?"

문제를 푸는 데 여념이 없던 신지를 도와, 마루오도 골똘히 생각에 잠겼다.

"좋아, 그래, 그렇게 머릿속에 이미지를 떠올려봐." 신지는 마루오를 유도하듯 말했다.

"의. 의, 나의, my, 소유격?"

"단어는 상관없어. 이미지를 떠올려봐. 너는 그게 뭔지 알잖아."

"뭘 알아요?"

"그거 말이야, 그거."

마루오는 입으로 "그거?"라고 중얼거렸다. 그 순간 아래에 있던 신지를 중심으로 마치 어안렌즈를 들여다보는 것처럼 공간이 뒤틀렸다. 2층에 있는 자기 코앞까지 솟아오른 신지의 얼굴은 누가 봐도 부자연스러웠다. 신지의 눈동자에 비친 자기 모습을 마루오는 가만히 보고 있었다.

"그거 내가 가져갈게."

무언가를 확인하는 듯한 신지의 말에, 마루오는 제트코스터를 타고 내리막길을 달리는 것처럼 꼬리뼈가 기분 나쁘게 붕 뜨는 것 같은 기분을 느꼈다. 자기도 모르는 사이 창틀에 손을 대고 몸을 기대고 있었다.

"고마워. 이제 알겠어. 여기는 우리집이 아니야."

별로 어려운 것도 아니었구나, 이해를 마친 신지는 그렇게 느꼈다.

"이제 알겠어요?" 마루오는 자신의 눈가에서 무언

가 반짝이고 있는 것을 보았다. 눈에서 눈물이 흘러 넘치고 있었다.

"이제 내 집으로 갈래. 나 산책하고 있었거든."

"그게 좋겠어요. 괜찮겠어요? 찾아갈 수 있어요?" 마루오는 눈물을 훔치며 방 안으로 모습을 감췄다.

신지는 몸을 돌려 바다를 봤다. 수평선까지 내려 온 태양이 짙은 주황색 빛깔로 팽창해 있었다. "음~" 하고 소리를 내고 있는데, 현관문이 열리며 마루오가 마당으로 나왔다. 목 늘어난 티셔츠에 반바지 차림이 었다. 반바지 끄트머리에 수놓은 아디다스 상표에서 실밥이 풀려 늘어져 있었다. 마루오는 신지 옆으로 가서 석양을 바라봤다.

"경치 한번 죽이네요. 꼭 태풍이 지나간 것 같아요."

"쩔어?" 신지가 물었다.

"네, 쩔어요."

신지는 여전히 궁금해 죽겠다는 표정을 지었다. 수 평선에 밴 주황색은 머리 위 하늘로 올라갈수록 옅은 보랏빛으로 바뀌어갔다. 밤이 시작되는 부분에 이르 자 반짝 하고 빛나는 물체가 보이는 것 같더니 사선으로 떨어져 곧 사라졌다. 별똥별과 비슷했지만, 확실히 달랐다.

"아, 유에프오다." 마루오가 중얼거렸다.

"유에프오라고? 나 처음 봤어." 신지는 담담하게 대꾸했다.

마루오는 의외로 차가운 바닷바람에 몸을 떨며 팔짱을 끼고 등을 구부렸다.

"아저씨는 참 신기한 사람이네요."

"그래?"

"병에 걸린 거예요?"

"응. …그런데 실은 아니야. 아직 적응이 안 돼서 그래, 이 세계에."

마루오는 그 말이 다소 오글거리기는 했지만, 환한 표정으로 받아줬다.

"멋있네요."

"나는 외계인이거든."

표정 하나 안 바꾸고 그렇게 말한 신지에게 마루오는 더 재미를 느끼며 "유에프오 추락해버렸는데 어떡해요?"라고 대꾸했다. 신지는 마루오의 웃는 얼굴을 보고 똑같은 표정을 지어 보였다. 의사소통이 언어만

81

으로 이루어지지 않는다는 사실을 어렴풋이 알고 있었지만, 표정을 쓰는 법은 여간 어려운 게 아니었다. 잘 모르겠을 때는 똑같은 표정을 지으면 된다. 인사말을 똑같이 하는 것과 마찬가지다. 하지만 문제는 가끔 웃는 얼굴에 겁을 먹는 사람도 있다는 것이다. 머릿속이 이런 생각으로 가득 찬 가운데, 신지는 입꼬리를 올리며 미소 지었다. 그 모습에 마루오가 웃음을 터뜨렸다.

"아, 되게 오랜만에 나왔네."

"계속 집에 있었어?"

"거의 집에만 틀어박혀 있었죠."

"산책 좋아." 신지는 아무런 감정도 없이 그렇게 말했다.

마루오는 웃으면서 신지의 어깨를 툭 치고는 고맙다는 인사를 한 마디 뱉고 집 안으로 들어갔다.

신지는 마루오가 왜 자기를 쳤는지 알 수가 없었다. 기분이 상한 걸까? 이제 태양은 완전히 바다 속으로 자취를 감췄고, 어느 새 도로 위 자동차들이 전조등을 켠 채 달리고 있었다. 그만큼 주위가 어두워진 것이다.

빛이 있고 없고에 따라 이렇게까지 경치가 달라질 줄이야. 하지만 감탄하고 있을 때가 아니었다. 지금 신지는 단어로만 배운 '미아'가 되었다.

"나루미~!"

신지는 가이드의 이름을 불러봤지만, 돌아오는 것은 파도 소리뿐이었다.

9

차 안에서 기다린 지 30분쯤 되었을까? 실제로는
15분밖에 안 지났을지도 모른다. 차 안에 있는 시계
에서 싸구려 색깔 같은 에메랄드그린 빛이 어둠을 밝
히고 있었다. 디지털 화면이 무미건조하게 19시를 가
리켰다. 나루미는 휴대폰을 열고 액정 속 시계가 몇
분 더 빠르다는 것을 알아차렸지만, 그러든가 말든가
중요하지 않았다. 나루미는 신지의 목에 휴대폰을 걸
어놓지 않은 것을 후회했다. 하지만 아침에 그렇게
멀쩡해 보였는데, 어린애 취급을 할 수는 없었다.

나루미는 문자 메시지를 확인했다. 입원 중인 엄
마가 보낸 메시지가 있었다. 심부름을 부탁한 아스미

가 얼굴도 안 보이고 전화도 안 받는다는 내용이 마치 전보처럼 간결하게 쓰여 있었다. 엄마는 쑥스럽다는 이유로 문자 메시지에 감정을 드러내지 않는 경향이 있었는데, 그 결과 암호를 주고받는 듯한 기묘한 문체를 만들어냈다. 나루미는 그 문체를 좋아했고, 엄마에게 답장을 보낼 때는 첩보원이라도 된 양 모스 부호 같은 메시지를 보냈다. "신지 행방불명. 수색 개시하겠음."

　나루미는 차에서 내렸다. 차가워진 바람이 팔뚝을 스치는 것을 느꼈다. 지난주에 여름 축제가 있었으니 이제 곧 하지夏至, 해가 가장 길어지는 때다. 나루미가 바닷가로 나왔을 때 해는 이미 저물어 있었다. 고등학생 남녀 한 쌍이 걷고 있다. 저녁 노을이 짙어지다가 밤이 되는 시간에, 조금 사이를 두고 걷고 있는 두 고등학생을 보고 있자니 두 사람이 서로에게 품고 있을 아련한 기대감이 사무치게 느껴졌다. 나루미는 고등학생 시절을 떠올리며 의욕 넘치고 작은 것에도 마음 졸였던 당시의 기분을 맛보려 했지만 그딴 향수에 젖어 있을 때가 아니었다.

　"신짱!"

엄습해 오는 밤을 향해 소리를 질러도 알아주는 사람은 행복에 겨운 고등학생 커플뿐이었다. 심지어 손까지 잡고 있네? 내 남편은 행방불명인데. 갑자기 자신이 한심스러워졌다.

"신짱!"

모래사장에서 밤새 이야기를 나눈 적이 있었나? 나루미는 샌들을 벗어 양손에 나눠 들고 걸으며 회상하기 시작했다. 만난 지 2년 만에 결혼했다. 그때까지는 행복했다. 둘 다 일을 하고 있었고, 차로 한 시간 걸리는 거리였지만 잠잘 시간 아껴가며 만났으니, 이십 대 후반 치고는 꽤 열애를 했었다. 인생관이나 직업관에 대해서 토론도 했고, 나중에 늙으면 바닷가에 카페라도 차리고 싶다는, 누구나 한 번쯤 입에 올려보는 값싼 꿈을 나누며, 어떻게 될지 모르는 약속을 했다. 서로 수없이 나누었던 말들은 순식간에 의미를 잃었지만, 그 말들을 꺼낸 마음은 아직도 남아 있다. 아마도.

신지의 이름을 외치며, 꼭 잃어버린 아이를 찾아 헤매는 엄마처럼 보이겠다는 생각이 들었다. '내가 찾고 있는 사람은 아이가 아니라 애인이랍니다.' 결혼해도 연인처럼 살고 싶다는 바람은 꿈 같은 것에 불과했던 모양이다. 신지는 엄마 같은 아내를 원하는 옛날 남자였다. 결혼하고 나서 놀랄 정도로 달라지는 모습에 나루미는 약간 실망했다. 신지가 안고 있는 전형적인 책임감이 한 가정의 가장을 연기하도록 만들었고, 스스로를 갑갑한 장소로 밀어 넣었다. 하지만 신지가 남자답고 대범하다고 생각하고 하는 행동들은 본인이 아직도 어린애라고 증명하는 것 그 이상도 이하도 아니었다.

나루미가 원한 건 그런 게 아니라 더 단순한 것, 두 사람이 함께하고 싶은 마음이었다. 부양해주기를 바란 적은 없었다.

결혼하고 반년이 지났을 때 이미 그런 상태였다.

"결혼하기 전에 동거를 해야 돼. 그래야 서로를 파악하지." 당시 대학교 4학년이었던 아스미가 설날이라고 고향에 내려와서는 잘난 척을 했다.

"애 가지면 돼." 옆에서 나루미의 엄마가 귤을 까며 툭 말을 뱉었다.

"사람들 앞에서 나보고 집사람이라고 하더라니까? 우리 나이 대에 누가 집사람이라는 말을 써. 혹시 정치 같은 데 생각 있나?"

"그건 언니한테 집사람 같은 역할을 원한다는 뜻이야."

"꼭 쓸데없는 데 이상한 고집을 부린다니까." 나루미는 불만이 점점 늘었다.

"애 가지라고." 엄마는 귤을 또 집으려고 손을 뻗었다.

"엄마 귤 너무 먹네."

그러면서 아스미는 마지막 남은 귤을 집었다.

달이 새까만 밤하늘에 선명한 윤곽을 드러내며 눈부시게 빛나고 있었다. 가로등 하나 없는 바닷가는 입이 벌어질 만큼 어두웠다. 나루미는 국도까지 걸어가 바닷가를 다시 돌아봤지만 역시 사람 그림자라고는 보이지 않았다. 방파제로 올라가, 테트라포드에 부딪혔다 스러지는 검은 파도를 보고 있자니 진심으로 걱정되기 시작했다. 지금의 신지는 정말로 어린애나 마찬가지다. 장난치려고 숨었을 리도 없는데, 겁도 없이 돌아다니다가 사고로 이어졌을 가능성도 충분하다.

바다에 빠졌으면 어쩌지. 방파제를 걷는 나루미의 발걸음이 자연스레 빨라졌다. 옆으로 추월해 지나가는 자동차의 전조등이 완만히 포물선을 그리는 가드레일 위 반사판에 떠올랐다.

나루미는 달리기 시작했다. 그렇게 달리다 보니 왜 뛰기 시작했는지 잊어버릴 것만 같았다. 이 와중에 달리기의 재미를 재발견하는 것은 웃기는 일이지만, 달릴 구실이 있다는 것이 그런대로 만족스럽게 느껴졌다. 밤에 혼자서 바다와 국도 사이에 길게 뻗은 폭 1미터 높이 1미터의 방파제를 전력질주하는 여자라. 괴담이 생길 만큼 기묘한 광경이었다. 신나게 속도를 낸 나루미는 이대로 방파제 길 위를 점프해 하늘로 뛰어드는 상상을 했다. "이륙!"이라고 외치며 오른발을 공중에 힘껏 내밀었다가 균형을 잃으면서 왼발 샌들 한 짝이 벗겨졌다. 돌아보니 신발이 소리 없이 검은 파도 속으로 사라졌다. "되는 일이 하나도 없네"라고 중얼거려봤지만, 실은 그렇지도 않았다. 나루미는 테트라포드 사이를 들여다봤지만, 깜깜해서 아무것도 안 보였다. 남은 한쪽 샌들을 벗어, 바다를 향해 놓아봤다. 자살한 사람이 남긴 신발로 보일까? 하늘을 올려다 보니 미군 헬리콥터가 반딧불처럼 꼬리에 빛을 달고 있었다.

나루미는 지난 일주일 동안 있었던 일을 떠올려봤다. 삶이 바뀌었다. 변변한 대화조차 나누지 않았던 신지와 쭉 같이 있게 되었다. 그전까지는 둘이서 드라이브한 적도 없었고 바다를 내달린 적도 없었다. '여기서 달라질 수만 있다면 전쟁이 나도 상관없다.' 그런 생각까지 했었다. 황당할 정도로 삶은 지루했고, 항상 무언가를 기대하며 불평만 늘어놓는 못난 주부였을지도 모른다.

나루미는 남은 샌들 한 짝도 던져버렸다. 어떤가, 이젠 이런 짓도 할 수 있다. 내친 김에 이 자리에서 확 벌거벗고 가운뎃손가락을 세워 히치하이킹이라도 해볼까?

나루미에게 지난 일주일은 그 어느 때보다 알찬 시간이었다. 싹 바뀐 신지와 함께 보내는 시간을 즐기고, 그로 인해 자신이 설레고 있다는 사실도 느꼈다. 하지만 자신을 설레게 하는 이 사람은 정말로 신지가 맞을까? 신지의 기억을 가진 생판 남. 이게 가능하기나 할까? 나루미는 그래도 한 사람과 두 번 사랑에 빠지는 경험이 그다지 나쁠 것 없다고 결론지었다. 바람피운 것도 따끔하게 혼내야 한다. 나루미는 다시 방파제를 걷기 시작했다. 울퉁불퉁한 콘크리트 위를 걸으니 의외로 발바닥이 아팠다. "길이 험하네." 나루미는 중얼거렸다.

저녁 8시를 지나고 있었다. 차를 세워둔 곳까지 돌아가려면 30분은 걸릴 것이고, 맨발로 걸어가기는 힘들 것 같았다. 나루미는 꼭 미아가 된 기분이었다. 물에 빠진 사람 구하러 뛰어들었다가 덩달아 허우적대는 꼴이다 싶을 무렵, 버스 정류장에 앉아 있는 신지를 발견했다. 나루미의 험난한 모험은 끝을 고했고, 지하 미궁 속에서 빠져나온 것처럼 버스 정류장의 불빛이 환하게 빛나 보였다.

신지는 색이 바랜 정류장 의자에 허리를 꼿꼿이 세우고 앉아 있었다. 나루미는 슬쩍 신지의 등 뒤로 다가갔다. 버스 시간표를 보니 막차는 이미 한참 전에 끊긴 상태였다.

"버스 끝났어요."

"아, 그런가요?" 신지는 몸을 돌려 나루미를 봤다.

"어! …다행이다."

신지의 평온한 표정을 보고 나루미는 안심이 되어 기운이 빠졌다. 한숨을 크게 한 번 쉬고, 등받이가 없는 벤치에 신지와 반대쪽으로 발을 뻗어 앉았다.

"어쩐 일이야?" 신지가 물었다.

"어쩐 일이냐고?!"

"화났어?"

"아니야." 나루미가 두 발을 들어 이번에는 신지와 같은 방향으로 뻗었을 때, 자신이 지금 맨발이라는 사실이 문득 떠올랐다. 신지의 발에 감은 붕대에 또 피가 번진 자국이 보였다. 나루미는 발로 신지의 발끝을 꾹꾹 찔렀다.

"왜 이렇게까지 하면서 걷는 거야?"

"여러 사람들을 만나서 이야기해야 돼."

"왜?"

"그게 내 일이니까." 신지가 말했다.

일이라고? 나루미는 다시 물어보려다 관두었다. 오늘은 이것으로 충분하다. 게다가 이렇게 벤치에 앉아 있자니 맨발이 주는 해방감과 바닷바람이 어쩐지 기분 좋게 느껴졌다.

"다음에는 나도 데려가. 내일 새 운동화 사러 갈까?"

"운동화?" 신지가 물었다.

"운동화 몰라?"

"알아."

"그거 신으면 걷기 편해."

"정말? 그렇구나, 그거 좋다." 신지는 반가운 기색을 보이며 대꾸했다.

"뭐라는 거야." 나루미는 화난 것 같아 보이기도 하고, 웃는 것 같아 보이기도 했다.

"고마워. 난 너밖에 없어."

"…그런 말도 할 줄 아네?" 이런 말이 신지 입에서 나오다니, 태어나서 처음 들었다. 순간적으로 대꾸하기는 했지만, 나루미는 어쩐지 눈물이 나올 것 같았다. 이 북받침을 어떻게 하면 좋을지 몰랐다.

신지는, 입을 다물고 있는 나루미에게 말을 걸었다. "왜 그래?" 나루미의 눈에 눈물이 고인 것을 보고 신지는 깜짝 놀랐다. "어, 잠깐만, 나 아무 짓도 안 했어."

나루미는 눈물을 흘리면 안 되겠다 싶어 눈을 감고

숨을 들이켰다. 기뻐서였을 것이다. 하지만 신지가 무슨 의미가 있어서 그런 말을 하지는 않았을 것이다. 보면 알 수 있었다.

"왜 울어?"

"웃겨, 울긴 누가 운다고."

신지는 마치 변명하듯 말했다. "괜찮아, 난 나루미건 안 뺏어. 안 가져간다고. 나루미는 나의 소중한 가이드니까."

왜 이렇게 당황하는 건지 나루미는 알 수 없었지만, 그보다 또 '가이드'라는 말이 나왔다. 이건 정말 화가 났다.

"아니, 가이드가 왜 나와, 가이드가."

"이 세계에서 안전하게 살기 위한 가이드야."

"혼자 그렇게 싸돌아다니니까 금방 길을 잃는 거야."

"그러니까 나한테는 나루미가 필요해."

"그럼 도대체 왜 혼자서 훌쩍 가버린 거야?!" 이런, 또 눈물이 나왔다. 그런데 왜 갑자기 싸움이 된 거지?

"중요한 일이 있어서 그래."

"일이 있긴 어디 있어. 지금 신짱한테 일이 어디 있
냐고!"

나루미는 말을 뱉고 나서 곧 후회했다.

"말을 왜 그렇게 해?"

"미안." 일이 없다고 탓하려는 게 아니었다. "미안
해."

가이드 말고, 하다못해 파트너라고 해주면 안 되
나? 나루미는 한번 말해보려고 했지만, 고지식한 사
람으로 비칠까 봐 그만두었다.

"괜찮아. 이제 조금만 더 있으면 전부 다 잘하게 될
거야." 신지는 그렇게 말하고 나루미의 어깨를 안았
다. 어디서 또 이런 기술을 배워왔나 궁금했지만, 일
단은 이 따스함에 몸을 맡겼다.

10

정오를 알릴 무렵이 되면 어김없이 미군 전투기가
머리 위를 지나갔다. 사쿠라이는 창문으로 하늘을 올
려다 보며 "지금 전투기가 문제가 아니야"라고 말하
고 웃었다. 아마노와 만난 지 일주일, 사쿠라이는 자
위대가 아니라 아마노에 대한 기사를 쓰고 있었다.

아마노는 헤어지기 전에 이렇게 말했다. "필요할
때 연락할게. 사쿠라이 씨는 다치바나 아키라와 접촉
할 방법을 생각해둬." 그리고 사흘 뒤 아마노가 전화
를 했다.

"일하자. 빨리 나와."

사쿠라이는 아마노가 말한 어느 번화가에 있는 파칭코 가게 주차장으로 향했다. 밤이라 이미 영업은 끝난 상태였다. 커다란 전광식 간판만 열심히 돌아가고 있었고, 그 덕에 주차장이 희미하게 빛나고 있었다. "여기야!" 어둠 속에서 아마노의 목소리가 들렸다. 사쿠라이가 달려가자 코피를 흘리고 있는 아마노가 보였다. 불량스러워 보이는 애들한테 둘러싸여 있었다.

"넌 또 뭐야?"라고, 영어로 '홍콩'이라고 크게 적힌 티셔츠를 입은 소년이 느닷없이 덤벼들었다. 관광지 기념품 가게에서나 볼 법한 티셔츠를 입은 놈한테 굽신거리려니 굴욕적이었지만, 이것도 가이드가 할 일이겠거니 하고 사쿠라이는 저자세로 잠자코 상황 설명을 들었다.

아마노가 그들 중 한 명에게 시비를 걸었고 끝내 울렸다고 했다. 울렸다고 고자질하는 사람은 중학교 졸업한 이래로 처음 봤다. 사쿠라이는 직업상 협상에 뛰어난 재능을 보였고, 이미 몇 번이나 지옥을 경험한 적이 있었다. 솔직히 이런 어린애는 겁만 주고 보내려고 했는데, 아마노를 위해서 용돈 몇 푼을 쥐어서 보냈다.

"덕분에 살았어." 피곤한 기색 없이 아마노는 훌쩍 일어섰다.

"그래 가지고 지구 침략 하겠니?"

싸움을 못하다니. 정말이지 호감 가는 외계인이다. 사쿠라이는 아마노에게 휴지를 건넸다.

"젊은 애들은 대화가 안 돼. 이래서 일을 하겠냐고." 아마노는 이러면서 코피를 닦았다.

"웃기고 있네." 사쿠라이가 웃었다.

아마노는 난처하다는 듯 "어린 애들은 어휘력이 너무 딸려 못 쓰겠어"라고도 했다. 열여덟 살 소년이 할 소리도 아니었지만, 그것보다 외계인한테 그런 우려까지 하게 만들고 싶지는 않았다. "외계인은 그런 거 걱정 안 해도 돼." 사쿠라이는 외계인이면 더 외계인답게 굴라고 말해줄 기세였다.

"그래도 이왕이면 다양한 연령층한테 수집을 해야지, 편향되면 안 되거든." 아마노는 코피를 닦은 휴지를 가지런히 접어 주머니에 넣었다. 마케팅을 좋아하는 외계인이라, 지구에 뭘 팔러 온 걸까?

아마노는 그 후에도 몇 번이나 똑같은 말썽을 일

으켰다. 그때마다 사쿠라이가 중재하러 달려가 변명을 하고 적당히 상황을 넘겼다. 개념을 '수집'하는 아마노의 일이 순조롭게 잘 진행되었는지, 실제로 그의 말처럼 인간에 대한 이해가 조금씩 향상되고 있는 것 같았다.

"그런데 다치바나 아키라를 면회할 방법은 찾았어?" 아마노는 콧구멍에 휴지를 끼우며 아랫사람 부리듯 물었다.

사쿠라이가 조사한 바에 따르면, 아키라는 지금 회복 상태에 있는 것 같았다. 입원한 지 며칠 동안은 잠만 자거나 깨어 있어도 넋이 나간 상태였지만, 지금은 조금씩 말을 할 수 있게 되었다. 경찰이 취조를 위해 방문했지만 '정서 불안'이라는 이유로 증언이 될 만한 내용은 듣지 못했고, 아직 사건의 전말도 분명히 밝히지 못했다고 한다. 당연히 일반인은 면회 사절이었다. 먼 친척이 병문안을 왔었다고는 하지만, 그녀의 보호자가 되기는 싫었던 것 같다. 최근에는 아무도 찾아오지 않는다고 한다. 천애고아가 된 소녀가 병원의 깊은 구석 1인실에 홀로 갇혀 있는 것이다.

"몰래 들어갈까?"

사쿠라이는 테이블 위에 놓인 종이 냅킨을 기름종이처럼 얼굴에 눌러가며 땀을 닦았다. 지금 두 사람은, 전국에 체인점이 있는 저렴한 선술집의 칸막이 자리에 앉아 있었다.

"현실적으로 불가능하잖아. 사쿠라이 씨도 경찰에 신세 지고 싶지는 않을 거 아냐."

아마노는 그렇게 말하며 종이 냅킨으로 테이블 위를 꼼꼼히 닦았다.

"경찰이 제일 성가시다니까." 분을 삭이지 못한 아마노는 그러면서 냅킨에서 냄새를 맡았다.

"냄새 나?"

"참기름이야."

"뭘 하는 건지." 사쿠라이는 테이블 위에 있는 버튼을 눌렀다. "맥주는 마실 줄 알지?"

기자라는 신분을 이용해도 아키라를 면회하기는 어렵다는 사쿠라이의 말에 아마노는 언짢아 보였다.

"너 외계인이라며, 뭐 없어? 필살기 같은 거. 눈에서 레이저 정도는 나와줘야지."

"눈에서 레이저 안 나와"라고 말하더니 아마노가

맥주를 전부 들이켰다. "농담한 거야." 사쿠라이가 맥주를 따라줬다.

"눈에서 레이저 나오는 사람이 있어?"

"아쉽게도 그런 사람은 본 적이 없네."

"있다는 거야, 없다는 거야?"

"없어. 눈에서 레이저 나오는 사람은 없어!" 점원이 말없이 음식을 놓고 갔다. 대체 무슨 이야기를 하고 있는 건지 자기도 모르겠다는 듯, 사쿠라이는 말린 열빙어를 집어 입에 던져 넣었다.

"그럼 나도 못 해. 인간 몸이 그렇게 생겨먹었으면."

지당하신 말씀이다. 사쿠라이 입장에서는 외계인답게 조금 더 과감하게 행동해줬으면 좋겠는데, 아마노는 말썽을 싫어했다. 정신병 때문에 자신을 외계인이라고 믿는 것 같지는 않다는 생각이 점점 강해지기는 했다. 하지만 당연히 생각을 뒷받침할 증거가 없었다. 만약 증거가 있다면 아마노의 정체를 인정하게 될까? 외계인이라고? 눈앞에서 얼굴을 붉히고 있는 이 소년이 침략자라고 증명한다 쳐보자. 그러면 이제 무얼 하면 될까? 이 질문에 현실성이라고는 조금도 없었다.

결국 사쿠라이는 자칭 외계인이라는 이 신기한 소년이 바라보는 세계를 곁에서 엿보고 싶은 것인지도 모른다. 그러니까 더 난동을 피워주어야 기삿거리가 될 텐데 말이다.

"〈울트라맨〉에 나오는 외계인은 사정없이 막 때려 부수던데."

"참고할게."

사쿠라이는 거대해진 아마노를 상상하고는 웃었다. 자위대는 도움이 되려나? 외계인을 물리치는 울트라맨도 사실 외계인인데. 남의 집 마당에서 싸움질이나 하는 것이 꼭 이 마을에 눌러앉은 어느 나라 군대와 참 닮았다고 생각했다.

사쿠라이가 아마노에게 바라고 있는 것은, 길에서 마주친 개그맨에게 무작정 웃겨달라고 달려드는 짓과 똑같을지도 몰랐다. 아마노가 사쿠라이의 생각을 이해했을지는 모르겠지만, 자신의 능력을 설명하기 시작했다.

"조사만 하러 온 거야, 필요 없는 능력을 가졌을 리 없지. 그런데 덤으로 재밌는 일이 생기더라. 우리가 학습을 하면 상대방은 그 개념을 잃게 되나 봐, 완전히."

개념을 잃는다? 그래, 어디 하고 싶은 말 다 해봐라… 라고, 사쿠라이는 접대하듯 아마노의 유리잔에 맥주를 따라줬다.

아마노의 말에 따르면, 자신들은 인간과 대화를 나누다가 모르는 개념이 나오면 그 개념에 대해 계속 질문한다고 한다. 구체적인 사례에서 개념으로 넘어가기 위해 반복해서 질문하는 것으로, 인간이 머릿속에 가지고 있는 이미지를 추상화해야 하기 때문이다. 개념은 언어의 산물이지만, 개념을 설명하는 언어에는 아무런 의미가 없다는 것이다. 어디까지나 언어에 지나지 않기 때문이다. 상대방이 선명하게 그 개념을 생각하는 순간, 그들은 언어에 기대지 않고 그 개념을 학습할 수 있다.

"언어에 기대지 않고?"

"언어는 여러 가지가 있잖아, 우리가 원하는 건 개념을 이해하는 거야. 이해 그 자체를 가져오는 거지. 그게 우리가 가진 능력이야."

맞는 말이다. '단어'를 'word'로 번역하기 위해서는 두 단어에 공통적으로 있는 것, 즉 개념을 이해해야 한다. 번역이란 그런 것이다. 아마노가 원하는 건 언어가 아니다.

약간 취기가 올랐는지, 신기하게도 아마노는 흥이
나 보였다. 개념을 복사만 해올 생각이었는데, 아예
빼앗아버리고 말았다는 사실은 금세 알았다고 했다.
개념을 빼앗긴 사람들이 모두 자기 안에서 일어난 변
화에 혼란스러워했기 때문이다. 무의식적으로 눈물
을 흘리는 현상도 당사자를 당황시켰다. 처음에는 그
눈물이 개념을 상실한 데 따르는 눈물인 줄 알았지만
실제로는 그렇지 않았고, 하품하면 나오는 눈물 같은
단순한 생리 현상에 지나지 않았다. 파칭코 가게 앞
에서 눈물을 훌쩍인 아이는 괴롭힘을 당해서 그런 게
아니었던 것이다.

사쿠라이는 자기도 모르게 몸을 들이밀며 입을 열
었다.

"오~ 개념을 빼앗아? 그거 엄청난 능력인데? 꽤
쓸모 있겠어."

"나도 알아. 어떤 아저씨가 자꾸 시간이 없다고 해
서 시험 삼아 시간이라는 개념을 뺏었거든."

"그래서? 어떻게 됐어?"

"멈췄어. 이제는 뭐든 천천히 하지 않을까? 아니

다, '천천히'도 시간인가?"

시간이라는 개념을 잃는다고? 의식조차 하기 힘든 개념을 잃어버리면 사람은 어떻게 될까? 그 아저씨가 '멈췄다'고 표현했지만, 시간이 멈춘 것이 아니라 시간의 영역 밖으로 쫓겨났다는 의미일 것이다. 그런 상상하기조차 어려운 상태를 생각하자 사쿠라이는 머릿속이 어지러웠다. 아마노의 말에는 여전히 거짓말도 과장도 농담도 없어 보였다. 아마노의 말을 증명해줄 것은 아직 아무것도 없지만, 확인하는 방법은 간단했다.

"아마노. 다음에 일할 때 나도 데려가 줄 수 있어?"

"그러지 뭐. 그런데 바쁘지 않아?"

"자위대 탱크보다 네가 가진 힘이 더 무시무시한데?"

사쿠라이는 시계를 보고 밤 11시가 지난 것을 알았다. 미성년자한테 술을 먹이고 밤늦게까지 데리고 있는 것이 조금 찜찜했지만, 그래도 외계인인데 시간이 너무 늦었다며 전전긍긍할 필요는 없을 것 같았다. 사쿠라이는 병맥주 하나를 더 추가하기로 했다. 그럴싸한 기술을 가진 아마노에게 축하의 건배를 하기 위해서다.

"지금 지어낸 이야기 아니지?" 진지하게 질문을 던지면서도 사쿠라이의 얼굴이 빙그레 웃고 있었다.

"뭘 믿든지 자유야."

"너, 자유가 무슨 의미인지 알아?"

"그럼. 뺏었거든."

"그럼 그 사람은 어떻게 됐어?"

"글쎄. 자유롭지 못하게 됐겠지?"

이만하면 됐다.

외계인 합격이다. 좋은 대답이었다. 사쿠라이는 흥분을 가라앉히려는 듯 집어삼킬 기세로 담배를 한 모금 길게 빨아들이더니 음흉한 웃음소리와 함께 연기를 뿜었다. 갑자기 노동 욕구가 샘솟았다. 일단 건배부터 하고. 지구 침략 회의는 선술집에서.

"아마노, 만약에 네가 날 속이는 거면 마음껏 비웃어도 좋아. 그런데 나 네가 가진 그 힘을 한번 보고 싶어. 널 믿게 된 것 같아."

사쿠라이는 말을 마치자마자 벌컥 잔을 비우더니, 아이 같은 미소를 지어 보였다.

11

아스미는 사흘 연속으로 엄마 이쿠코에게 병문안을 가지 않았다. 약속으로 정하지는 않았지만, 나루미나 아스미 둘 중 한 명은 하루에 한 번씩 들르는 것이 암묵적인 규칙이었다. 나루미는 신지의 일도 있고 해서 당분간 엄마를 아스미에게 맡기고 있었다. 도저히 시간이 안 날 때는 서로 연락하기로 했는데, 지난 사흘간은 그런 연락도 없었던 것이다.

사흘 전 이쿠코가 보낸 문자 메시지를 보고도 나루미는 특별히 신경 쓰지 않았다. 오늘 조금 화가 난 것같은 이쿠코의 전화를 갑작스럽게 받고 나서야 생각이 미쳤다. 추간판 탈출증 수술을 하고 나면 마음대로 걸을 수조차 없다. 그런 이쿠코가 입원실에서 나와 휴대전화를 사용할 수 있는 구역까지 가면서 얼마나 힘들었을까?

나루미에 비해 붙임성이 좋은 아스미는 엄마와 친구 같은 관계였다. 자신의 신혼여행 때 둘이서만 온천에 여행을 다녀온 것에 나루미는 여태 질투심을 느끼고 있었다. 그런 아스미와 이쿠코가 하루가 멀다 하고 싸우는 것도 사실이었다. 가족이라는 관계는 너무 편하다는 이유로, 친구라면 선을 긋고 넘지 않을 영역까지 쉽게 침범해버리곤 한다. 의사소통의 밀도가 높기 때문이기도 하다. 가족이니까 그 정도로 밀도 높은 의사소통을 받아들일 수 있다. 아무렇지 않게 울고불고하며 엄마에게 감정을 쏟아붓는 아스미를 보면서 얄밉다는 생각이 든 적도 있었다.

수화기 너머로 투덜대고 있는 이쿠코는, 당장 갈아입을 옷이 필요한 것도 멜론이 먹고 싶은 것도 아니었다. 가족이라면 당연히 베푸는 보살핌을 받지 못하는 것이 서운했다. 고작 사흘 가지고 이쿠코가 민감하다는 생각도 들었지만 나루미는 엄마를 달래줬다. 너무 기대하니까 더 서운한 것이라고, 엄마와 아스미가 다툰 원인을 분석해봤다. 하지만 따지고 보면, 선을 넘지 않고 기대하지 말자는 주의야말로 예전에 신지와 자신의 관계를 냉랭하게 만든 주된 요인이었다. 짜증이 밀려오는 나루미는 자조적인 감정을 한데 모으며 이쿠코의 불평을 한쪽 귀로 순순히 흘리고 있었다.

"아스미도 직장 때문에 바빠서 그랬을 거야."

나루미도 사흘 동안 아스미를 만나지 못했기 때문에, 실제로 어떤지는 잘 몰랐다. 몇 번 문자 메시지를 주고받아서 새삼 걱정할 이유도 없었다.

"아무리 그래도 그렇지…."

이쿠코의 말이 중간부터 들리지 않았다. 나루미는 무슨 일이 일어난 것인지 알지 못했다. 나이에 어울리지 않게 혀 짧은 소리를 내는 엄마의 목소리에 반사적으로 웃음을 터뜨릴 뻔했지만, 곧바로 그것이 울음소리라는 사실을 깨달았다. 웃을 준비를 하고 있던 표정이 갈 곳을 잃어, 뺨에서 약간 경련이 이는 것 같았다.

무서웠다. 나루미는 이런 식으로 엄마가 울먹이는 것을 본 적이 없었던 데다가, 늙고 약한 엄마의 모습을 난생처음 마주했기 때문일지도 모른다. 그러나 이제 곧 환갑이라고는 해도 아직 그렇게 나약해질 나이는 아니었다.

이쿠코는 떨리는 목에 힘을 주고 미안하다고 짧게 사과했다. 크게 숨을 들이마시더니 자기도 너무 예상 못 한 일이라며 웃음 섞인 한숨을 내쉬었다. 그 말에 나루미도 조금 안심이 되었지만, 전화로 말만 듣고 있는 것이 애가 탔다.

엄마가 운 이유는 늘상 하는 말다툼 때문이었다. 나루미에게 전화를 걸기 전에 아스미와 통화를 했던 모양이다. 그런데 그때 아스미가 한 말이 큰 상처로 남았다는 것이다. 어찌나 말을 매정하게 해대는지 그땐 당황해서 똑같이 심한 말을 퍼붓다가 정신을 차리고 보니 전화가 끊어졌다. 지금 다시 떠올려도 믿기지가 않았다. "명령하지 마", "툭 까놓고, 종처럼 부리겠다는 거잖아 지금", 여기에 마무리로 "엄마라서 뭐 어쩌라고"로 끝이 났다.

정말로 아스미가 이런 말을 했을까? 나루미는 납득이 되지 않았다. 이쿠코도 나루미와 대화를 나누며 냉정을 되찾은 모양으로, 무슨 이유가 있을지 모른다며 둘은 오히려 아스미를 걱정했다. 하지만 도대체 무슨 이유가 있으면 그렇게 될까?

"누가 그렇게 말하라고 시킨 거 아닐까? 협박하면서."

이쿠코의 냉정을 잃은 추리가 시작될 때쯤에 나루미는 통화를 마쳤다. 엄마에게 욕지거리를 하라고 협박하는 인간이 있다면, 그 인간은 연구 대상이다. 이정도면 남자친구한테 차여서 신경이 곤두섰다는 것으로도 변명이 안 된다. 엄마 가슴에 박힌 가시 돋친 말은 영원히 지워지지 않을 것이다.

나루미는 이틀이 더 지난 뒤에 아스미를 만났는데, 그사이 아스미의 행동은 기행이라고 할 정도로 더 심각해졌고 결국에는 경찰서까지 왔다. 심지어 두 사람이 얼굴을 마주한 장소도 병원이었기 때문에, 병석에 있는 엄마에게는 도저히 알릴 수 없는 상황이 되어 있었다.

아스미를 만난 그날, 나루미는 먼저 아버지 다다시가 연행되었다는 연락을 받고 경찰서로 향했다. 거기에 아스미는 없고 그 대신 아스미의 친구 사와키가 눈이 부은 채 앉아 있었다. 그 광경만으로 나루미의 머릿속에서 최악의 사태가 그려졌다.

"무슨 일이야, 아빠?" 불안감에 관절이 제멋대로 움직이는 것만 같았다.

"나도 모르겠다." 다다시는 안경을 벗어 눈곱을 떼듯 눈을 비볐다.

"아스미는?!"

나루미는 자기도 모르게 너무 큰 소리가 튀어나와 깜짝 놀랐지만, 경찰서 안에 있는 누구도 반응하지 않았다. 나루미는 그런 냉랭한 분위기에서 아무런 위기감도 느껴지지 않는다는 점이 더욱 불안했다.

"아스미는 아까 병원으로 갔어요."

상처는 없지만 조금 흥분한 상태였기 때문에 병원에 보내진 모양이었다. 사와키가 지친 목소리로 알려 줬다.

다다시, 사와키, 경찰의 이야기를 종합해보면 사건의 전말은 이렇다.

일주일쯤 전부터 아스미가 집에서 이상한 행동을 보였다고 한다. 신지가 퇴원한 지 며칠 지나서부터일까? 나루미는 그때 신지를 보느라 정신이 없었기 때문에 아스미와 마주치는 일이 거의 없었다.

다다시는 평일이면 저녁 8시가 넘어서 퇴근하고 늦은 저녁을 먹는다. 이미 밥을 먹은 아스미가 혼자 먹는 아빠 곁에서 말동무가 되어주거나 옆에서 텔레비전을 보곤 했다. 지금 생각하면 그날 아스미는 어딘가 데면데면했다고 한다.

다음 날은 더 노골적이었다. 밥상을 차려놓고 나서 식탁에서 가장 먼 곳에 진을 치더니 가만히 서서 다다시를 바라봤다는 것이다. 다다시가 보리차를 가져오려고 일어서자 아스미는 순간적으로 몸의 중심을 아래로 바짝 낮췄다. 마치 당장이라도 도망칠 수 있게 준비하는 것처럼 보였다. "너 거기서 뭐 하니?" 다다시가 웃으며 말을 건넸지만, 솔직히 기분이 개운치는 않았다.

다다시가 말을 걸어도 아스미는 필요 이상의 말은 꺼내지 않았다. 다음 날 아침 다다시는 아스미를 보지 못했는데, 출근하면서 차에 올라탈 때 보니 2층 방 창문에서 아스미가 커튼 틈으로 주차장을 내려다보고 있었다.

다음 날부터 다다시는 집에서 아스미와 마주치는 일이 거의 없었다. 아스미가 집에 있어도 무슨 이유에서인지 다다시의 눈에 띄지 않으려고 했기 때문이다. 이게 무슨 짓이냐고 버럭 화를 내자 아스미는 소리를 지르며 도망쳤다고 한다.

아스미는 그날부터 사와키의 집에 묵었다. 회사나 사와키 앞에서는 특별히 이상한 점을 찾을 수 없었다. 아빠와 관련된 것 말고는 모두 정상이었다.

아스미는 사와키에게 고민을 털어놓았다. "집에 이상한 사람이 있어." 사와키가 들은 이야기를 정리해보면, 그 이상한 사람이란 분명히 다다시였다. 하지만 아스미는 아빠를 가리켜 "집에 사는 유령"이라고 표현했다.

"그 사람이 누군지는 확실히 알아. 그런데 왜 나랑 같이 사는지 그걸 잘 모르겠단 말이야. 친구도 아니고, 남자친구도 아니고. 너무 당당하게 당연하다는 듯이 내 안에 들어와 있는 아저씨란 말이야. 아마 보이면 안 되는 존재인데 뭔가가 잘못돼서 보이는 것 같아."

사와키는 아스미의 말을 듣고 잘 이해가 되지 않았

지만, 아마도 부녀 사이에 문제가 생겼나 보다고 추측했다. 아빠 때문에 정신적으로 불안정해진 것이다. 사와키는 잠시 친구를 보살펴주기로 했다. 며칠 뒤 사와키는 아스미의 부탁으로 갈아입을 옷을 가지러 둘이서 아스미의 집으로 갔다.

아스미가 밖에서 기다린다고는 했지만, 남의 집 문을 열고 들어가기가 내키지 않았다. 시간은 밤 11시를 지났고, 다다시가 집에 있을 것이 분명했다. 불 켜진 방이 없는 것으로 봐서 이미 잠자리에 들었는지도 모른다. 현관으로 들어서자 집 안이 예상보다 더 깜깜해 사와키는 휴대전화로 빛을 밝혔다. 마당에 면한 복도를 걸어가자 미지근한 바람이 사와키의 발을 어루만졌다. 창문이 열린 채로 있었다. 장마철 하늘이 불투명 유리처럼 달을 가리는 바람에, 희미한 빛줄기만 마당을 비추고 있었다. 산들산들 이파리가 흔들리는 소리와 함께, 종이를 구기는 듯한 소리가 들렸다. 소리가 나는 곳은 마당이 아니었다. 사와키가 휴대폰을 휘저었더니 거기에 다다시가 신문지를 돌돌 말며 자세를 가다듬고 있었다.

"아스미니?"

아스미와 고등학교 때 같은 반이었던 사와키는 예전에 다다시를 본 적이 몇 번 있었다.

"사와키예요"라고 바로 대답했지만, 다다시가 자신의 이름을 기억할지 불안했다. 상대의 무기가 신문지라는 것은 천만다행이었지만, 도둑으로 오해받아도 할 말이 없는 상황이었다.

"아스미 친구 사와키예요."

사와키를 기억한 것인지 아니면 아스미라는 말에 안심한 것인지, 다다시는 경계를 풀고 참았던 숨을 뱉었다.

사와키는 지체 없이 사정을 설명했다. 자신에게는 잘못이 없다고 토로하다 보니 아스미를 탓하게 되었다. 자신은 그저 피해자라는 식으로 이야기한 것이 나중에야 후회스러웠다. 다다시는 미안해하며 아스미가 왜 그러는지 모르겠다는 말만 하고 표정이 어두워졌다.

마당에서 불어오는 밤바람이 복도를 지나 부엌으로 흘러갔다. 어둠에 눈이 익숙해지자 사와키의 시야 안으로 편의점 비닐봉지가 어질러져 있는 부엌이 눈에 들어왔다. 아스미가 집을 비운 며칠 동안 다다시 혼자서 생활한 흔적이었다.

다다시는 생각에 잠긴 듯 입가에 손을 댔고, 그때 그을음 같은 것이 뺨에 묻었다.

"어머. 아저씨, 손이."

다다시가 손을 펴보자, 꼭 쥐고 있던 신문지 잉크가 땀에 번져 손바닥을 검게 만들어놓은 것이 보였다. 다다시와 사와키는 그것을 보고 함께 웃었다. 그 순간 두 사람의 눈앞을 무언가가 휙 지나갔고, 곧바로 와장창 깨지는 소리가 귀를 울렸다. 부엌 전등을 켜보니 깨진 유리와 도자기 파편이 바닥에 널려 있고, 그것들이 원래 있어야 할 찬장 가운데 칸에 주먹만 한 돌이 떡하니 있었다. 마당에서 날아온 것이 분명했다. 두 사람이 마당을 돌아봄과 동시에, 두 번째 돌이 사와키의 어깨를 스쳐 전자레인지 측면에 냅다 박혔다.

"그만하지 못해!"

다다시는 어둠을 향해 외쳤다. 두 사람은 창문을 닫고 유리창 너머로 마당을 봤다. 거기에 돌을 들고 아스미가 서 있었다. "아스미!" 사와키가 부르는 소리에도 아스미는 무표정한 얼굴로 고개를 저을 뿐이었고, 다다시가 마당으로 나오는 것을 보고는 고양이처럼 어둠 속으로 사라져버렸다. 다다시와 사와키는 무슨 일이 일어난 것인지 짐작도 할 수 없어 난감하기만 했다.

사와키가 아스미의 옷을 챙겨 집에 돌아와보니, 아스미는 아무 일도 없었다는 듯 텔레비전을 보고 있었다. 왜 돌을 던졌냐고 추궁해봐도 아스미는 애매하게 대답하며 화제를 돌려버렸다. 무언가를 감추거나 속이려는 낌새 없이 마치 남의 일이라는 식으로 행동했다. 은근슬쩍 짐작은 했지만, 이상한 사람은 아스미의 아버지가 아니라 아스미였다. 사와키는 아스미에게 병원에 가보는 게 좋겠다고 조심스럽게 조언했다.

주말이 되어 다다시는 밀린 집안일을 하느라 정신이 없었다. 익숙하지 않은 손놀림으로 빨래를 털고 나서 옷걸이에 걸려고 했다. 마당 구석에 있는 빨래 건조대 위에 비를 피할 수 있게 만들어놓은 판자가 있었지만, 수평으로 흩날리는 빗줄기에는 소용이 없었다. 하늘은 낮고 잿빛 구름으로 뒤덮여 있었다. 역시 집 안에 너는 것이 좋겠다고 생각한 다다시는 윤곽도 보이지 않는 태양을 올려다봤다.

쭈글쭈글해진 옷가지를 널고 있는데, 낯선 무늬로
된 옷이 몇 벌 보였다. 하나를 집어 펼쳐보니, 아스미
의 캐미솔이었다. 다다시는 지난밤의 일을 떠올렸다.
병원에도 통 안 가는 모양이니, 이쿠코와 의논하는
것이 좋을지도 모른다.

"변태."

마당 한쪽에 부분적으로 담이 낮아지는 곳이 있었
는데, 그 위로 사람 얼굴 하나가 덩그러니 보였다. 아
스미였다. 가만히 다다시를 보고 있었다.

"변태." 담 너머에서 아스미가 던진 단어였다. 다다
시는 캐미솔을 세탁 바구니에 도로 넣고, 겁을 잔뜩
먹은 도둑고양이를 대하듯 이렇게 말했다.

"아스미, 이리 와. 얼른."

명령 투가 마음에 안 들었을까, 아스미의 미간이
씰룩거리며 주름이 생겼다. 팽팽한 긴장감이 사그라
들 줄 몰랐다.

"엄마도 네 걱정을 얼마나 하는지 아니?" 다다시는
아스미가 자신을 보는 그 눈빛이 견딜 수 없었다. 생
판 남을 대하는 것 같은 얼굴은 보기 싫다. "이제 그
만 좀 해." 다다시는 마당의 징검돌을 따라 성큼 달려

가 대문을 열고 밖으로 나왔다. 담 너머 아스미가 서 있던 공터로 나갔을 때는 이미 아스미가 사라진 뒤였다.

그리고 10분이 지났을까, 경찰차 한 대가 집 앞에 멈췄다. 다다시는 문을 열고 제복 경찰 두 명을 맞이했다. 신분증을 제시해달라는 그들의 요구에, 다다시는 내심 화가 났다. 집에 수상한 사람이 있다는 신고가 들어왔다는 것이다. 신고한 사람은 당연히 아스미였다. 자기 소유의 집에서 널브러져 있다가 수상한 사람으로 몰리다니 기가 찰 노릇이었다. 다다시는 누가 장난으로 전화한 것이 아니냐고 말해봤지만, 경찰은 아랑곳하지 않았다.

"이 사람 맞아요."

경찰 뒤에서 아스미가 소리를 높였다.

"제 딸입니다. 요즘 조금 불안정해서."

다다시는 되도록 냉정을 잃지 않으려 했지만, 속이 편치 않았다. 경찰이 정리를 해보려고 양측 의견을 듣겠다는 자세를 취했지만, 아스미는 "이 싸이코, 변태, 속옷 도둑아!"라며 충혈된 눈으로 꽥꽥 소리를 질러댔다. 한 번도 본 적 없는 딸의 모습에 다다시는 금방이라도 정신을 잃을 것만 같았다. 하지만 곧바로 부모로서 한심스럽다는 생각과 이웃들 앞에서 무슨 꼴이냐는 굴욕감에 마음이 끓어올랐다. 다다시는 경찰을 힘껏 밀치며 아스미에게 고함을 질러댔다.

"이게 뭐 하는 짓이야, 정신 차려!"

다다시가 아스미의 팔을 붙잡자, 아스미는 마치 닿으면 죽기라도 하듯 꺅 하고 비명을 질러댔다. 상황을 파악할 길이 없는 경찰은 우선 가해자로 보이는 다다시를 제압하고 자세한 이야기는 서에 가서 듣겠다는 영화에서나 나올 법한 대사를 내뱉고 난투를 종결했다.

"폐를 끼쳐 죄송합니다."

나루미가 경찰에게 고개를 숙였다. 지난주에 신지 일로 만난 경찰이 아니라 천만다행이었다. 남편에 동생, 거기다가 아빠까지 경찰 신세를 지다니, 가세 가문에 이 무슨 날벼락인가.

무죄로 풀려난들, 딸 때문에 경찰서로 끌려온 다다시는 꺼림칙한 표정을 감추지 못했다.

"꼭 동네 좀도둑 다루듯 하더라니까." 다다시는 경찰들의 태도에 불만을 품고 있었다. 경찰서에서 사와키와 헤어진 두 사람은 병원으로 향했다.

　마을에서 유일한 종합병원은 바로 옆 도시와의 경계에 있었다. 원래 시가지에 있던 것이 10년 전쯤에 이곳으로 이전한 것이다. 논밭이 펼쳐진 시골에 느닷없이 들어선 거대한 현대식 건축물은 마치 동남아시아의 유적 같아 보였다. 몇 년 전에는 병원 뒷산을 깎아 요양 시설, 재활센터, 양로원 및 관련 시설을 증축했고, 최근에 지역 유기농 야채 가게부터 찜질방까지 들어섰다. 그중에서 가장 기가 막힌 것은 축구와 야구를 동시에 할 수 있을 만큼 거대한 주차장이었다. 이처럼 현립 종합병원 일대가 건강에 관심이 있는 사람이라면 한번쯤 놀러와도 좋을 테마파크처럼 조성되어 있었다. 2년 전에는 고속도로와 다른 도로 어디에서든 쉽게 진입할 수 있게 만들어서, 이렇게 급하게 도로를 정비하는 이유가 전쟁을 대비해 의료 시설을 준비하려는 것 아니냐는 소문이 돌기도 했다.

　다다시와 나루미는 쓸데없이 넓은 주차장에 각자의 차를 세우고 밖으로 나왔다.

　"엄마한테 뭐라고 할래?" 다다시가 잔걸음으로 다

가와 물었다.

"아스미 증상에 대해서 일단 이야기를 듣고 나서 말하는 게 좋지 않을까?" 나루미는 100미터는 되어 보이는 병원 입구를 향해 걷기 시작했다.

이쿠코, 신지, 아스미, 벌써 이 병원에 가족의 과반수 이상이 신세를 지고 있다. 한 병원만 구석구석 누비는 것은 한편으로는 편리했지만, 그렇다고 좋을 일도 아니었다.

아직 저녁 시간이었지만 아스미는 입원실에서 자고 있었다. 안정제를 맞은 것 같았다. 두 사람이 침대 옆에서 아스미의 잠자는 얼굴을 내려다봤다. 입가에 긁힌 자국이 있었다. 다다시는 무의식적으로 자기 손끝을 들여다봤다. 난투가 벌어졌을 때를 떠올리니 위가 쓰렸다.

병실을 나와 다다시는 복도에 설치된 알코올 소독액을 손에 발라 문질렀다.

"왜 그래?"

나루미가 궁금해하자 "몰라"라고 중얼거릴 뿐이었다.

두 사람은 긴 복도를 지나 이쿠코의 입원실로 향했

다. 저녁밥을 실은 커다란 밥차 한 대가 이쪽으로 오고 있었다. 지나친 다음에 뒤를 돌아보니, 밥차에 가렸던 직원이 미소를 건넸다. 별로 무겁지 않다고 말하는 것 같았다.

다다시와 나루미가 같이 온 것을 보고 이쿠코가 반가워했다. 딸을 붙잡고 이웃 환자들과 병문안 손님들에게 들은 귀한 소식을 실컷 떠드는 바람에, 바로 먹어도 미지근한 병원 밥이 차갑게 식어버리고 말았다. 아스미보다 한 학년 아래였던 아무개가 이혼을 했다는 둥, 시청에서 일하는 아무개가 음주운전으로 잡혀서 퇴직금을 날렸다는 둥.

"알았으니까 이제 밥 먹어."

"알았어, 알았어." 그렇게 이쿠코의 입을 식사에 집중하도록 만들고 나니, 병실이 갑자기 고요해졌다. 콩나물과 미역이 든 국물을 마시면서 이쿠코는 두 사람이 녹초가 되어 있는 것을 뒤늦게 깨달았다.

"왜 그렇게 기운이 없어, 무슨 일 있었어?"

12

신지는 그 뒤로도 자주 길을 잃었지만, 산책을 나가려면 반드시 목에 휴대폰을 걸도록 약속하고부터 대규모 수색을 벌여야 하는 일은 더 이상 일어나지 않았다. 신지는 낮에는 신문이나 책, 텔레비전을 보며 시간을 보냈고 오후 3시쯤 되면 산책을 나가 어두워질 때가 되어서야 집에 돌아왔다. 나루미가 같이 나가는 경우도 있었지만, 신지는 혼자 가기를 원했다. 저녁 준비가 어느 정도 되면 나루미는 신지에게 전화를 걸었다. 지금 어디 있는지 확인하기 위해서였다. 신지가 집에 도착할 무렵 밥이 따끈따끈하게 완성되도록 요리 속도를 조절하는 데 주의가 필요했다.

분명히 저녁 7시에는 들어올 것이라고 했다. 그러니까 당연히 6시 반에는 집에 갈 준비를 시작했어야 했다. 그런데 나루미가 전화를 하면 이제 겨우 15분 남았는데 말도 안 되는 곳에 있곤 했다. 집까지 거리와 이동 시간을 확인해가며 움직여달라고 몇 번이나 부탁을 하자, 최근에야 드디어 약속 시간을 지키게 되었다. 하지만 신지가 집에 오는 길을 헤매 차로 데리러 가는 일도 자주 있었다.

신지는 낮에 텔레비전이나 신문을 보면서 모르는 단어가 나오면 메모해두었다가 그 메모를 가지고 거리로 나갔다. "사람들이랑 대화하면서 이해하는 게 더 실천적인 학습법이야"라고 연설하듯 말하는 신지에게 "도대체 당신 뭐가 되려고 그래?"라고 나루미는 농담처럼 받아쳤다. 그러자 "인간다운 인간"이라는 뜻밖의 대답이 돌아와 나루미가 폭소를 터뜨렸다. 신지의 말이 맞다. 아직 신지는 인간다운 인간이라고 볼 수 없었다. "언어는 발에 차일 만큼 널렸는데, 진짜 의미를 아는 사람이 없어." 이런 소크라테스적인 행위를 가리켜 신지는 자기의 '일'이라고 말했다. 그리고 나루미는 그것을 '재활'이라고 불렀다. 병명조차 진단받지 못한 채로 신지의 재활은 계속되었다.

저녁밥을 먹으면서 두 사람은 그날의 '일'에 대해 이야기했다. 일을 하면서 확실히 신지는 인간다운 인간이 되어가고 있었다. 재활이라는 단어에 원래 위치로 되돌린다는 뜻이 있지만, 신지는 결코 원래의 신지로 돌아가고 있지 않았다. 지금의 신지와 새로운 관계를 쌓고 있는 나루미로서는 언젠가 신지가 원래대로 돌아갈지도 모른다는 것이 불안하기까지 했다. 그런 것에 불안을 느낀다는 사실이 약간 꺼림칙하기도 했지만, 둘에게 있어 행복이 무엇인지 생각해보면 지금의 관계가 행복에 속하지 않을까? 적어도 원래 둘의 관계와 비교하면 말이다.

"어제 나루미가 한 말 말이야, 더러워진 게 아니라 더럽혀진 거 아니야?"

"더럽혀진 거?"

처음에 신지는 '범죄로 인해 손이 더러워졌다', '때묻은 마음' 같은 비유적인 표현을 어려워했다. '이 원숭이 같은 놈'이라는 표현을 들으면, 원숭이가 무엇인지부터 생각해야 했다. 따라서 당연히 농담도 통하

지 않았다. 어제는 '더러워지다'와 '더럽혀지다'의 미
묘한 차이를 배워 자신이 얼마나 발전했는지를 자랑
했다.

"더러운 것은 세재로 닦을 수 있지만, 더럽혀진 건
그렇게 쉽게 해결되지 않아." 아는 척을 하더니 입 주
위에 묻은 토마토 소스를 닦았다. 가지와 푸른 고추
를 넣은 토마토 파스타. 시험 삼아 해본 요리였는데,
가지만 예쁘게도 골라놓았다. 역시 달라진 게 없다.
한 조각은 먹은 걸 보면, 가지를 싫어했다는 사실을
잊어버렸던 걸까?

마음이 더럽혀졌다는 표현을 알게 된 신지에게는
사실 첫 단어 '마음'부터 난제였다.

"마음이라는 건 어디 있는 거야?"

꼭 어린애 같은 질문이다.

어느 날 신지가 "미안한데 나 이거 읽었어"라며, 마
치 비밀 일기장이라도 훔쳐본 사람처럼 두꺼운 영어
사전을 들고 왔다.

"어? 봐도 난 상관없는데." 무슨 도깨비 머리라도
베어온 것처럼 기고만장한 신지를 보고 나루미는 시
큰둥하게 말했다.

신지는 그전까지는 휴대용 크기로 된 일본어 사전을 들고 다녔는데, 일영 사전과 영일 사전이 붙어 있는 그 영어 사전을 보고는 꽤나 감격한 모양이었다.

"이것 좀 봐봐, 일영 사전에서 '마음'을 찾아보면 heart라고 적혀 있어. 그리고 그걸 다시 영일 사전에서 찾으면 마음, 감정, 열의, 원기, 핵심, 이거 말고도 더 있어."

그렇게 열심히 사전을 읽어서 뭘 어쩌자는 걸까? 나루미는 뭐라고 대꾸하면 좋을지 몰랐다.

"그런데 이것 봐, 일본어 사전을 좀 보라고. '마음'을 찾으면 뭐가 나오는지 알아? '마음속.' 이게 끝이야!"

"아~." 나루미는 영혼 없는 대답밖에 나오지 않았다. "어? 그게 왜?"

"이건 설명이 아니야. 이래 가지곤 아무 말도 안 한 거나 마찬가지야."

신지는 모든 잘못은 이 일본어 사전에 있다며, 나루미가 평소 편지를 쓸 때 애용하던 사전을 높이 치켜들었다.

"일본어 사전은, 진짜로 중요한 것에 대해서는 하

나도 설명을 못 하고 있어."

나루미는 어쩐지 자기가 혼나는 것 같은 기분이 들었다. 그래, 사전 제작자를 대신해 사과한다. 하지만 신지의 사전평은 멈추지 않았다.

"그런데 이 사전은 달라. 마음의 진정한 의미는 '마음'과 'heart' 사이에 있어. 내가 알고 싶은 건, 그 둘 사이에 흐르는 무언가야. 이 사전은 바로 그걸 알려 줘. 훌륭한 책이야."

나는 당신이 왜 사전을 보고 흥분하는지 알고 싶다. 그리고 그 잘났다는 일영 영일 사전은 원래 당신 거야. 나루미는 자기 사전이 무시당하고 신지가 본인의 사전을 칭찬해서 살짝 기분이 상했다.

다음 날 나루미는 언제나처럼 산책 나간 신지에게 전화를 걸었다. 오늘 식단은 신지가 좋아하는 핫쵸미소*²로 맛을 낸, 달콤 칼칼한 마파두부였다. 어디냐고 물으니, 집 바로 앞이라는 대답이 돌아왔다. 웬일 이래?

*

2 일본 오카자키 지방의 검붉은 된장. 콩과 소금으로 맛을 낸다.

130

"나루미, 드디어 해냈어. 이제 거의 연결이 돼. 마음을 알아냈어."

수화기 너머로 신지가 신이 나서 말했다.

"축하해."

마음을 손에 넣은 신지는 나루미의 마음도 이해하게 되었을까?

'일'이라는 이름의 재활은 착착 성과를 냈고, 신지도 비약적으로 인간다운 인간이 되어갔다. 이대로만 간다면 신지가 진짜 일을 해낼 수 있는 날도 올 것이다. 나루미는 병원 의사가 무슨 생각으로 알츠하이머병이나 뇌 질환 같은 말을 꺼냈을까 생각했다. 알츠하이머병에 관련된 책도 몇 권 읽었다. 지금까지 신지의 상태는 책에서 읽은 증상과 전혀 달랐다. 성격은 바뀌었지만 기억이 전부 명확했고, 묘한 언동도 이제는 많이 줄어들었다. "조금만 더 있으면 다 할 수 있을 거야"라던 신지의 말은 거짓이 아니었다. 신지는 자기한테 무슨 일이 벌어진 것인지 실은 다 알고 있을지도 몰랐다. 그렇다면 신지가 연극을 꾸민 걸까? 왜? 둘의 관계를 회복하기 위해서? 그 신지가?

말도 안 되는 생각이었다. 누구라도 이런 복잡한 방법을 고안해내는 것은 불가능하다. 나루미는 신지의 말과 행동에 울었다 웃었다 하는 스스로가 우스꽝스러웠고, 소꿉놀이를 하는 것 같다는 생각이 들 때도 있었다. 과거는 과거이고, 지금의 관계가 더 좋은 것은 사실이다. 신지의 상태가 좋아지면 좋아질수록 묻기 어려운 질문이 있었다. "당신 정말 신지야?" 이미 오래전에 짚고 넘어갔어야 하는 질문이다. 실은 다 연극이었다는 대답이 가장 무섭고, 창피하다. 창피하다고 생각할 필요는 사실 없는데 말이다.

매일 산책하면서 뭘 할까?

비밀을 알게 될까 봐 무서운 것도, 결국 예전과 똑같다.

아스미가 병원에서 하룻밤을 보낸 다음 날 아침, 나루미는 신지에게 병원에 가자고 했다. 신지는 병원에 가는 것을 싫어했다. 의사가 이것저것 물어보는 것이 싫다고 했다.

병원에서는 통원 치료를 받으라고 했었지만, 일주일 넘도록 한 번도 안 갔다. 나루미 입장에서는 신지를 의사한테 데려가 상태를 보이고 싶었다. 하지만 신지는 악화는커녕 급속도로 회복되고 있었다. 회복이라는 말이 무색할 정도로, 성장하고 있었다.

병원을 완강히 거부하는 신지를 억지로 데리고 가고 싶지는 않았다. 병원에 가자는 말을 꺼낸 것은, 이제 슬슬 엄마에게 보여도 문제없겠다고 판단했기 때문이다. 엄마 눈에는 신지가 어떻게 보일까?

이쿠코와 아스미의 병문안을 가자고 하자 신지가 수긍했고, 둘은 병원으로 향했다.

13

{

금속 끝부분이 심하게 녹슨 이유는 바닷바람 때문일까? 승객이 드문 오래된 노선 버스가 아스팔트 이음매 위에서 덜컹 흔들렸다. 여전히 구름이 짙게 낀 하늘 아래, 개성이라고는 없는 거리가 창밖으로 흘러가고 있었다.

사쿠라이는 미끄럼 방지 처리를 해놓은 버스 바닥을 보며, 지난 달 아오모리에서 탄 노선 버스 바닥에 나무판자를 대놓았던 것을 떠올렸다. 사람들의 동선에 따라 닳고 해진 나무 바닥과 깊이 밴 기름 냄새가 향수를 불러일으켰었다. 화학 물질로 처리된 바닥을 보면서, 나무를 댔으면 버스 특유의 이 나쁜 냄새도 안 났을 거라는 생각에 코를 훌쩍였다.

버스는 정차할 때마다 노인들을 몇 명씩 태웠다. 사쿠라이는 노약자석을 차지하고 앉아 있는 아마노의 팔을 잡아당겨 손잡이로 이끌었다.

콘크리트로 된 새로 생긴 육교를 넘어가자 길가에 무논이 마치 거대한 타일처럼 펼쳐졌다. 아직 키가 덜 자란 벼 이삭이 잔디처럼 바람에 흔들리며, 불어오는 바람의 실루엣을 그렸다.

어느새 노인 승객으로 붐비는 버스가 무게로 인해 더욱 안정적으로 달리고 있었다. 좌회전할 때 뒷바퀴가 맨홀 뚜껑을 누르자, 바퀴 고무에서 삐걱거리는 소리가 났다. 버스의 종점인 현립 종합병원이 눈에 들어왔다.

문제의 그 사건에서 유일한 생존자인 다치바나 아키라가 일반 병동으로 옮긴 모양이었다. 사쿠라이가 얻어낸 정보는 그것뿐이었다.

다치바나 아키라는 시내에 있는 공립 고등학교에 다니는 열여섯 살 학생으로, 입학해서 바로 수영부에 들어갔다가 2주 만에 그만두었지만 그렇다고 행실이 나쁜 학생은 아니었다. 중학생 때는 학생회에서 활약했고, 사건 전날 할머니와 둘이서 여름 축제에 다녀왔다고 하니 때 묻지 않은 순수한 학생이라는 것은 충분히 상상이 되었다.

사쿠라이는 아키라의 주변 관계를 조심스럽게 조사해봤는데, 역시나 아마노와 접점은 없어 보였다. 굳이 접점을 찾자면 여름 축제 정도일까? 아마노도 축제에 갔었다고 했다.

사쿠라이는 전날 아마노의 '일'을 참관했다. 아마노는 사쿠라이의 눈앞에서 개념 빼앗기 기술을 선보였다. 그때 빼앗은 개념은 '감'이었다.

일면식도 없는 아키라를 자기 동료라고 믿는 이유가 다른 어떤 것도 아닌 감 때문이었음을, '감'의 개념을 빼앗고 난 뒤에 아마노는 이해했다.

"이게 감이지. 아, 후련해."

사쿠라이는 이 마을에서 알게 된 신기한 두 사람, 아마노와 아키라의 관계에 흥미를 느꼈다. 둘은 정말로 연결되어 있을까? 아마노가 두 사람의 관계를 '감'이라는 단어 하나로 정리해버리는 데 사쿠라이는 조금 실망했다.

아마노가 아키라를 보고 느낀 무언가가 바로 그가 말했던 외계인의 특성이라면, 그 힘에 '감'이라는 평범한 단어를 끼워 맞춘 것은 불행한 일일지도 모른다. 이름을 붙임으로써 그 힘은 더 이상 다른 어떤 것도 되지 못하고, 흔하고 시시한 것이 된다. 설명할수록 세계가 정리되고 조금씩 색이 바랜다.

어렸을 때부터 언젠가 만나기를 바라면서도 한편으로 절대로 만나고 싶지 않은 존재들이 있었다. 요괴, 유령, 신, 악마, 외계인, 그리고 아직 이름이 붙여지지 않은 미지의 존재. 사쿠라이는 아마노의 '일'을 직접 목격했고 그가 그런 존재라는 것을 알았다. 아마노가 자기를 가리켜 외계인이라고 말한 것은, 적당한 단어가 그것밖에 없기 때문일지도 몰랐다. 결국은 말로 할 수밖에 없기는 하지만, 아마노는 말에 의미가 없다고 했다. 그가 원하는 것은 개념이었다.

"그러니까 난 외계인이긴 한데, 솔직히 뭐라고 불러도 상관없어."

그들은 누구고 대체 어디서 왔을까? 사쿠라이는 아마노의 휴대폰에서 연락처를 찾아 친구들에게 전화해봤다. 아마노가 이상해진 시점은 여름 축제부터라고 했다. 다시 말해 그전까지 그는 이상하지 않았고 외계인이 아니었다는 말이 된다. 이 점은 분명 다치바나 아키라와 관련이 있어 보였다. 아마노의 친구들은 아키라와 아마노의 접점에 대한 질문에 전혀 모르겠다고 대답했다.

사쿠라이는 아마노가 인간이 아닌 다른 무언가라고 더욱 확신하게 되었지만, 이거야말로 멍청한 생각 같았다. 바라던 것이 코앞으로 굴러들어 왔는데, 이제 와서 사쿠라이는 주저하고 있었다. 자칭 외계인이 정말로 외계인이라면? 그럴 경우를 아직 충분히 대비하지 않았다는 사실을 깨달은 것이다.

아마노의 '일'은 말을 이용해서 상대방이 이미지를 떠올리도록 몰아붙이는 것이다. 최면술처럼 보이기도 했다. 아마노의 능력이 최면술 쇼에 지나지 않는다는 가설도 세울 수 있다. 하지만 그 모습을 뭐하러 사쿠라이에게 보여줄까? 말이 안 된다.

아키라를 만나면 모든 것이 밝혀질지도 모른다.

사쿠라이와 아마노는 간호사실 접수대에 팔꿈치를 올렸다.

"다치바나 아키라 씨 입원실이 어디죠?"

사쿠라이는 친척이라고 둘러댔다. 금방 들통날 게 뻔했지만 한 번 만나보는 것으로 충분했다.

"신분증을 보여주시겠어요?"

요즘 병원에서는 병문안 올 때도 신분증을 보여줘야 하나? 아니면 환자에 따라 다른가?

면허증을 건네고 복사한 뒤 돌려받은 것만 빼고, 의외로 쉽게 입원실을 알아냈다. 혹시나 뒤에서 불러 세우지는 않을까 잔뜩 긴장하며, 사쿠라이는 자기도 모르게 빨리 걸었다.

빽빽 신발 밑창이 달라붙는 리놀륨 바닥 위를 아마노는 신이 나서 걸었다. 연결 통로를 빠져나오자 F동이 나왔는데, 그곳은 억지로 증축한 싸구려 조립식 주택 같아 보였다. 다른 동에 비해 인적도 드물었다. 그래도 어쨌든 입원실마다 번호가 붙어 있었다. 아마노는 번호를 확인하며 "저 끝이네"라고 복도 끝을 가리켰다.

복도에 면한 커다란 창문이 오후의 햇살을 흠뻑 주워 담아 눈이 아플 정도였다. 어느새 밖은 신기할 정도로 쾌청한 날씨로 바뀌어 있었다. 창밖으로 언덕의

완만한 경사면이 보였는데, 잘 꾸민 소품처럼 생긴 침엽수가 일정한 간격으로 심어져 있었다.

사쿠라이는 햇살에 눈을 찌푸리면서, 일도 내팽겨치고 여기서 이러고 있는 스스로의 무모함이 대견스럽게 느껴졌다. 입원실 앞에 멈춰 서서 노크를 하려고 주먹 쥔 손을 올리는데, 소리도 없이 문이 열렸다.

삼십 대 중반쯤 되어 보이는 의사가 사쿠라이와 아마노를 밀치듯 복도로 내몰더니 뒤로 얼른 문을 잠갔다. 넓은 복도의 구석에 세 사람이 부자연스럽게 뭉쳐 있는 꼴이 되었다.

"무슨 일이죠?"

의사보다는 체육 선생님이 잘 어울리는 남자가 간결하면서도 상냥하게 물었다.

"병문안 왔는데요."

"취재하러 오신 건 아니죠?"

"그럴 리가요. 친척입니다. 방금 신분증도 보여드리고 왔어요."

"그러세요…?"

그 말을 어떻게 믿냐고 의사의 표정은 말하고 있었지만, "어제 다른 친척 분이 오셨는데, 아무래도 조금 불안정한 상태라서요"라고 덧붙일 뿐이었다.

"상태는 좀 어떤가요?"

"못 들으셨어요?"

순간적으로 물어보고 싶은 것이 줄줄이 떠올랐지만, 대놓고 물어볼 수는 없는 노릇이었다. "그냥 대충 들어서요"라고 사쿠라이는 아는 척했다.

"어제 그런 일이 있었으니까요…."

예상 밖의 난관이 등장했다. 의사가 여간해서 면회를 허락하지 않을 것이라는 점은 아무리 눈치 없는 사람이라도 짐작할 정도였다.

"저기요, 정신적인 문제라기보다는 인격에 문제가 생긴 거 맞죠? 이 학생은 아키라와 어렸을 때부터 친한 친구거든요. 둘이 만나면 뭔가 달라지지 않을까요? 기분 전환도 될 것 같고요. 저도 걱정이 돼서 그래요."

대화를 마무리 지으려는 의사에게, 사쿠라이가 너무 성급하게 굴었는지도 모른다. 사쿠라이의 제안에 기분이 언짢은 모양이었다. 의외로 속 좁은 의사라고, 사쿠라이는 속으로 투덜거렸다.

의사는 아키라의 증상에 대해 간단하게 설명했다.

하지만 내용이 애매했고, 그저 자기가 얼마나 고생을 하고 있는지만 전해졌다. 마지막에 강한 어조로 면회는 금지라고 단단히 강조했다.

왜 그렇게 열을 내는지, 팔짱을 끼고 그의 말을 듣고 있던 사쿠라이가 싫은 소리를 냈다. 위독한 환자도 아닌데 말이다.

"아까부터 안 된다고만 하는데 이해가 안 되네. 제대로 된 이유를 대야지."

교착 상태에 빠진 분위기에서 아마노가 비집고 들어왔다. 사쿠라이가 걱정스러운 얼굴로 제발 가만히 있으라고 일러두었지만, 도저히 안 되겠나 보다.

"그러니까 환자를 생각해서 판단한 거라고요."

"그게 왜 면회가 안 되는 이유인 거지?"

"무슨 소리를 하는 건지."

"'면회 금지'라는 건 명령이잖아. 왜 당신이 우리한테 명령을 하는 건데?"

"그게 내 일이니까."

"명령하는 게 일이라고? 금지하는 게 의사 일이야? 그거 말고 더 중요한 일 없어? 당신 의사잖아. 금지만 하면 환자 병이 낫는다는 거야?"

아마노는 말을 하면서 팔에 닿은 사쿠라이의 손을 뿌리쳤다. 자기한테 다 맡기라는 듯한 동작이었다.

"너 어른한테 그렇게 말하면 못써."

의사는 아마노를 상냥하게 타이를 작정이었겠지만, 불쾌한 마음을 감추지 못했다. 보호자가 뭐 하고 있냐는 듯한 시선으로 사쿠라이를 노려봤다.

아마노는 '일'을 시작하고 있었다. 사쿠라이는 골치 아픈 일이 생길 거라는 걸 알았지만, 이 의사가 실험 대상이 되어주는 것도 나쁘지 않을 것 같았다. 아마노로 인해 스스로에게 무슨 일이 벌어졌는지, 의사라면 그런대로 정확하게 말로 설명해줄 것이기 때문이다.

"이 학생 말도 좀 들어주세요."

사쿠라이는 주변에 사람이 없는지 확인했다.

"금지라는 게 대체 뭐야? 어? 가르쳐줘 봐. 금지해서 환자를 살릴 수 있다며, 그럼 당신은 그 의미를 잘 알고 말하는 거지? 어쨌든 그것도 치료인 거니까. 그렇지?"

"금지되어 있으니까 금지야."

의사는 어린애 다루듯 아마노를 대함으로써 자신

의 지위를 확실히 해두려고 했다. 아마노는 신경 쓰지 않고 말을 이었다.

"그렇게 말하면 초등학생도 이해 못 하지. 하여간 어른들은 생각을 안 한다니까, 다시 한번 잘 생각해봐. 금지가 뭔지, 금지에 관련된 거 다 생각해봐. 그리고 왜 당신은 금지하는지. 당신 어른이잖아. 가르쳐줘. 왜 금지하는 거야? 왜 명령하는 거야?"

"나 참, 하면 안 된다고 명령하는 게 금지야."

"사전처럼 말하네. 말만 바꾸는 게 무슨 의미가 있어? 잘 좀 생각해봐. 납득이 가면 얌전하게 물러날게."

무엇을 빼앗을지 처음부터 정하지는 않았다. 어디까지나 흐름에 맡기는 것이었다. 아마노가 너무나 쉽게 분위기를 주도해갔다. 상대방이 머릿속에 이미지를 떠올리는 순간을 그는 놓치지 않았다.

"생각하면 지는 건데." 사쿠라이는 의사를 지켜보며 중얼거렸다.

"그러니까, 그게⋯." 마치 뇌에 접속하는 것처럼, 의사의 검은 눈동자가 오른쪽 위를 향해 스윽 움직였다. 그 안에서 지금 떠오르고 있는, 언어가 되기 전의

144

그 무언가. 아마노는 그것을 가지려고 의사를 잡아먹을 기세로 노려보고 있었다.

"그래, 그렇게…. 오케이, 그거 내가 가져갈게."

회선이 연결되었다. 다운로드는 1초면 끝난다.

의사는 하려던 말을 중간에 잊어버린 사람처럼 입을 벌린 채로 있었다.

"뭘 빼앗은 거야?"

"겹쳐서 잘 모르겠어."

대화의 흐름상 아마도 금지나 명령, 그런 종류에 해당하는 개념이었을 것이다. '개념'이라는 단어를 쓰고는 있지만, 그렇게까지 명확하지는 않고 사람마다 다소 차이가 있는 것 같았다.

아마노는 의사를 툭 쳤다. "어" 하고 짧게 소리를 낸 그는 콧방울 옆으로 흘러내린 눈물을 낼름 혀로 핥았다. "뭐지?" 눈의 초점이 맞지 않았다.

아마노의 '일' 현장을 본 것은 이번이 처음이 아니지만, 사쿠라이는 몇 번을 봐도 이 일이 굉장히 잔혹하게 느껴졌다. 그의 안에서 지금 무슨 일이 벌어지고 있는지 실체는 알 수 없었다. 하지만 아무 감정도 없이 흐르는 눈물은 좋지 않은 일이 일어나고 있다는 사실을 확인해줬다.

"자, 다시 한번 물어봐."

개념을 빼앗긴 인간은 바뀐다. 하지만 어떻게 바뀔지 예측할 수 없다. 금지를 생각할 줄 모르게 되었다고 해서, 반드시 모든 것을 허락하는 사람이 되지는 않는다. 그렇게 간단한 문제가 아니다.

"선생님, 면회 좀 허락해주세요."

"안 됩니다."

여전하다. 기억도 언어도 남아 있으니까 당연한 것이다. 일일이 생각하지 않더라도 인간은 습관이나 역사로 충분히 움직인다. 오히려 의사는 조금 전보다 더 완고하게, 판에 박듯 면회 금지라고 되풀이했다.

"그 금지라는 말에 의미가 있어? 의미 같은 건 없지?" 아마노가 말했다.

"금지니까 금지야." 똑같은 말이 허무하게 울린다. 사고 체계에 혼란이 생겼다는 사실에 스스로 위화감을 느끼는 것 같았다. 의사는 두통을 참는 사람처럼 관자놀이를 눌렀다.

"뭐야, 왜 똑같아."

아마노는 짜증이 나 있었다.

잃어버린 개념을 원래대로 되돌릴 수 있을까? 사쿠라이는 이렇게 번거로운 일을 하기보다 그냥 한 방에 의사를 때려눕히고 병실로 들어가는 것이 훨씬 빠르겠다고 생각했다. 그러는 것이 의사에게도 피해가 적을 것 같았다.

솔직히 사쿠라이는 아마노 때문에 피해를 입은 사람을 보고 있기가 쉽지 않았다. 이 이상 피해자를 늘리는 것도 심각한 문제였다. 같은 인간의 입장에서.

사쿠라이는 아마노의 능력을 더 이상 부정할 수 없었다. 이성적으로 아무리 부정해봐도, 분명하게 달라진 사람을 눈앞에서 본 이상 무언가가 벌어졌다는 사실을 의심하지 않을 수 없었다.

"아마노, 이제 됐어! 들어가자."

아마노는 집요했다. 사쿠라이가 "쓸 만한 능력"이라고 해줬으니 그것을 증명하고 싶은 것이다. 이럴 때 보면 영락없는 어린애다.

"잠깐만. 아, 몰라, 더 가보자. 의사 선생님, 금지는 알았어. 당신도 누구한테 명령받은 거지? 누가 금지한 거야?"

"내⋯ 내가 금지야." 의사는 확실히 혼란에 빠져 있었다.

"아하하, 뭔 소리야. 내가 누군데? 뭐야, 선생님이 주치의였어? 그럼 됐네, 허락해줘. 왜 당신은 되고 난 안 돼?

"당연히 안 되지. 아아, 그만 가야겠어. 컨디션이 안 좋아. 더는 상종 못 하겠어."

의사는 말라버린 눈물 자국을 신경 쓰며 벽에 붙어 걷기 시작했다. "잠깐 잠깐." 아마노가 벽에 손을 짚었다.

"그만 좀 해!"

막혔던 물줄기가 펑 쏟아져 나오듯, 의사는 순간적으로 냉정함을 잃었다.

이대로 보내주면 아무 문제도 없을 텐데. 아마노는 집요하게 의사를 몰아세웠다. 단순히 개념만 배워오는 능력을 완전히 공격 도구로 사용하고 있었다. 심지어 즐기면서.

"왜 당신은 되고 난 안 돼? 나랑 당신이랑 뭐가 달라?"

"이름, 얼굴, 나이, 위치, 수입, 전부 달라! 너 같은 망할 놈의 꼬맹이랑은 달라!"

"우리 똑같은 인간인데?"

"난 너랑 달라!"

"아니야. 똑같아!"

"아니야!"

마치 수상한 사이비 집단이 개최한 자기계발 세미나 현장을 보는 것만 같았다. 어린애를 상대로 격분하는 의사의 입가에 거품까지 맺혀 있었다. 아무리 봐도 정상으로는 안 보이는 표정이었다. 연속으로 두 번 개념을 빼앗으면 어떻게 될까? 불안과 호기심이 사쿠라이를 덮쳤다. 아마노는 생기 있는 표정을 하고 멈출 줄 몰랐다.

"그럼 설명해봐, 왜 나랑 당신이 다른지. 더 근본적인 걸 알려줘. 알기 쉽게. 마지막 부탁이야, 그것만 가르쳐주면 진짜로 갈게. 그쪽과 이쪽, 너랑 나, 그 구별, 그 관계. 뭐냐고! 말 좀 해봐!"

퀴즈 프로그램 사회자 뺨치게 아마노가 분위기를 고조시키며 의사를 점점 몰아세웠다.

"야."

"진지하게 생각해!"

아마노의 고함이 의사의 머릿속을 뚫고 지나갔다. 움직임이 멈췄다.

사쿠라이는 갑자기 현기증이 나는 것 같았는데, 그것은 의사가 천천히 아주 어렴풋이 상반신을 흔들었기 때문이다. 아마노는 그 동작에 맞춰 은밀하게 접근하듯 의사와 거리를 좁혀 들어갔다. 모든 것을 꿰뚫어보는 듯한 시선으로 아마노가 의사를 쳐다봤다.

"…그거, 내가 가져갈게."

사쿠라이는 의사의 벌어진 입에서 작은 인간 몇 명이 달려 나오는 듯한 환각을 봤다.

"뭐 한 거야?"

"나와 남을 구별하는 개념이랄까? 이건 효과가 있나 본데?"

의사는 벽에 등을 대고 흐느적거리며 주저앉더니 헛구역질을 반복했다. 충혈된 눈에서 눈물이 넘쳤고, 구역질은 오열로 바뀌었다.

"선생님?" 사쿠라이는 의사 앞으로 가 쭈그려 앉았다. "그냥 눈물만 나는 거야. 슬퍼서 그러는 거 아니야." 아마노는 툭 말을 던지고는 이마에 난 땀을 닦았다.

구름이 해를 가렸는지, 주변이 어두워졌다. 빼앗은 개념은 분명 꽤 오래된 것이었다. 지금 그에게 세상이 어떻게 보일까? "선생님." 사쿠라이가 의사를 불러봤다.

"아, 아아, 미안해요. 어? 뭐였더라?"

그 말을 끝으로 입을 다문 의사는 사쿠라이의 얼굴을 신기한 듯 바라봤다. 입에서 흘러나온 침이 실처럼 늘어났다.

이제 이 사람의 인생은 끝장났을지도 모른다.

"선생님, 난 아키라가 너무 걱정돼. 안에 들어가도 괜찮지?"

아마노가 시선을 의사에게 맞추며 아첨하듯 말했다.

"아아, 그렇지, 걱정돼. 들어가자." 말만 하고 의사는 전혀 움직일 기색을 보이지 않았다.

아마노는 득의양양한 얼굴로 사쿠라이를 향해 말했다. "갑자기 머리가 잘 돌아가나 보네." 그러고 나서 천진하게 웃었다.

마음에 안 드는 웃음이었다.

"너는 문제 생기는 거 싫어하잖아? 이렇게까지 할 필요가 있어? 우린 신분증도 내고 왔어."

사쿠라이는 멈춰 서서 아마노를 내려다봤다.

아마노는 순간 놀란 표정을 지었다. 그러고 의사의 머리를 손으로 집고 일어났다. 그런 행동거지 하나하나가 사쿠라이의 눈살을 찌푸리게 했다.

"문제 생기면 잘 좀 처리해. 가이드잖아. 아니, 해보라고 한 사람도 당신이었잖아?"

아마노는 노골적으로 불쾌감을 드러내며 문손잡이에 손을 가져다 댔다.

자신의 능력을 과시하는 데 열을 올리며, 사쿠라이의 말에 짜증을 낸다. 아마노는 일주일 전과 비교했을 때 확실히 감정적이고 인간미 넘치는 사람이 되어 있었다. 그 말은 곧 그가 무언가를 계속해서 빼앗았다는 것이고, 그 대신 무언가를 잃은 사람이 이 마을에 셀 수 없을 만큼 있다는 의미이기도 했다.

사쿠라이는 머릿속으로 상상한 이야기가 어디까지 진실일지 알 수 없었다. 우연히 손에 넣은 장난감이 너무 컸다.

"가자."

아마노는 입원실 문을 열었고, 사쿠라이가 그의 뒤를 따랐다.

두 번째 외계인이 그 안에 있다.

병실에 들어서자 파스텔 색조의 얇은 커튼이 침대 둘레를 칸막이처럼 감싸고 있었다. 아마노가 커튼을 휙 젖히자 혈색 좋은 소녀가 침대 위에 앉아 있었다.

아마노와 다치바나 아키라는 몇 초간 서로를 보았고, 아마노가 먼저 입을 뗐다.

"나야."

"어, 역시."

아마노는 사쿠라이를 돌아보고 "정답"이라고 말했다.

"알아보는구나." 아키라는 스스로 감탄했다.

"뭐 하냐, 이런 데서."

"미안. 시작부터 난리도 아니었어."

"신문 봤어."

순진무구한 아이 같은 얼굴에 검고 긴 머리카락이

여성스러운 느낌을 더해주고 있었다. 아키라는 침대 위에서 책상다리를 하고 있었다. 연보라색 원피스형 환자복이 허벅지까지 시원하게 말려 올라갔다. 속옷은 안 입었다. 그런 차림에 아마노도 아키라 본인도 전혀 신경 쓰지 않았다. 사쿠라이는 더 이상 이 정도에 놀라지 않았다. 오히려 방금 전 의사가 면회를 금지한 이유가 아키라의 이런 모습 때문이었을지도 모르겠다는 의심이 들었다.

두 사람은 순식간에 서로를 알아본 모양이었다.

"너도 외계인이야?"

"어?" 사쿠라이의 질문에 아키라는 웃었다.

"우리 외계인 아니야, 정확히 말하면." 아마노가 냉장고에서 물이 담긴 페트병을 꺼냈다.

"아무튼 동료라는 거지?"

"뭐, 그렇기는 한데. 이 사람 누구야?"

"내 가이드야. 일 잘해."

사쿠라이는 아마노의 손에서 페트병을 빼앗아 자기 목을 축였다. 그러고 서둘러서 두 번째 질문을 던졌다.

"그럼 다치바나 아키라는 맞는데, 속은 다른 존재

154

라는 건가?"

"그래. 근데 처음에 진짜 황당하지 않았어? 뭐야, 그게. 금붕어?"

"어, 금붕어." 아마노가 담담하게 대꾸했다.

사쿠라이가 눈을 동그랗게 뜨자 아마노가 설명을 덧붙였다. "처음 여기 왔을 때 금붕어 속에 들어갔거든, 처음에는 어떻게 생겼는지 잘 몰랐으니까."

외계인의 변명이 고작 이거다. 그들은 이쪽 세계에 오면서 처음에는 물고기로서 외부 세계를 접한 것이다. 하지만 바로 무언가가 잘못되었다는 사실을 깨달았다. 지금 자신들을 물에서 건지려고 하는 이 거대한 생명체야말로 이 땅의 주인, 즉 자신들의 표적이라는 사실을 직감했다.

"얼마나 놀랐다고. 이건 아니다 싶더라니까."

웃는 모습은 영락없는 여고생이다.

그들은 금붕어의 신경 회로에 정착하기 전에 인간의 몸으로 옮겨갈 필요가 있었다.

"어떡해? 아직 한 명이 금붕어일지도 모르잖아."

그렇게 어리숙해도 되는 거야? 외계인이라며. 사쿠라이는 이들의 대화 내용에 당황하고 말았다.

묻고 싶은 것이 산더미처럼 있었지만, 우선은 병원을 빠져나가기로 했다. 담당의를 그 꼴로 만들었으니, 문제가 될 것은 불 보듯 뻔했다. 화제의 사건 속 중심인물, 그 소녀를 납치하다니. 이것은 의심할 것도 없이 범죄라는 것을 사쿠라이도 알았지만, 신분증을 건네면서 이미 얼굴이 팔렸다. 반은 자포자기 심정이었지만 외계인의 존재를 밝힐 사람은 자기밖에 없다는 정의감이, 적어도 그 시점에서는 진지하게 끓어올랐다. 지금은 주저할 때가 아니다. 외계인의 가이드라는 자리는 아무나 얻을 수 있는 자리가 아니다.

사쿠라이는 복도에 방치되어 있던 의사를 병실 안으로 끌어다 놓았다. 그는 영혼이 나간 것처럼 축 늘어져 있었다.

"둘 다 여기 있어. 지금 차 준비할 테니까. 내가 올 때까지 누가 오면 이 사람은 모르는 사람이라고 해야 돼. 어떻게 해야 할지 모르겠으면 화장실에라도 숨어 있어. 아마노, 휴대폰 있지?"

아마노는 주머니에서 삐져나온 휴대폰 줄을 당겨서 보여줬다. 확인을 마친 사쿠라이는 다시 입을 열었다. "도망치자."

그리고 사쿠라이는 입원실을 나갔다.

"일 잘하는 가이드지?" 아마노가 휴대폰을 열었다.

"다행이다. 드디어 해방이야."

"그런데 너, 가이드는?"

그 질문에 아키라는 "이거"라며 바닥에 널브러져 있는, 폐인이 다 된 의사를 가리켰다.

사쿠라이는 큰 보폭으로 사람들로 붐비는 일반 진료 대합실을 지나쳤다. "내가 미쳤지." 자신을 향해 몇 번이고 그렇게 말했다. 경비원이 상주하는, 응급 환자를 위한 출입구 너머로 택시 승강장이 있었다. 운 좋게도 세 대가 손님을 기다리고 있었는데, 예약된 차량일 가능성도 있었다. 한 대 한 대 물어볼 수밖에 없었다. 다행히 한 대는 예약이 안 된 차였다. 하늘이 도왔다.

"어, 또 만났네요!"

돌연 한 남자가 말을 걸어왔다. 착각이 아니었다. 심장이 두근거렸다. 자신이 이렇게 소심한 사람이었나, 한심스러웠다. 사쿠라이가 뒤를 돌아보니 언젠가 본 적이 있는 남자가 서 있었다.

"우연히 또 만났네요. 그때 고마웠어요."

이 마을에 오자마자 길에서 마주친 남자였다. 금붕어를 들고 발이 너덜너덜해질 정도로 산책을 하고 있던 남자.

금붕어?

"신짱!"

주차장으로 이어지는 산책로에서 여자 목소리가 들렸다.

"어떻게 하실 거예요?" 택시 운전사가 급하다는 표정을 지어 보였다.

사쿠라이는 그날 택시 안에서 봤던 장면을 떠올리고 있었다. 이 남자 앞에서 무너져 내리며 눈물을 흘리던, 자전거를 탄 남자.

"탈 거예요. 5분만 기다려 주세요. 저는 사쿠라이라고 합니다." 택시를 잡아놓고, 발길을 돌렸다.

세 번째 놈이 눈앞에 있다.

사쿠라이는 아마노를 이 남자와 만나게 해서는 안 된다고 판단했다. 사쿠라이에게 외면당한 '이 사람'은 택시 승강장에서 멀어지는 사쿠라이의 등짝을 쓸쓸한 눈으로 쫓았다.

"신짱, 그만 가자니까!"

멀리서 또 한 명의 가이드가 손을 흔들고 있었다.

14

"어머. 웬일이래?"

이쿠코는 병실에 나타난 신지를 보고 깜짝 놀랐다.

어째 사위가 돼서 병문안 한번 안 오냐는 소리를 여태 안 하고 참았다는 것은, 엄마가 할 수 있는 최대한의 배려라는 사실을 나루미도 잘 알고 있었다. 첫마디는 순수한 놀라움에서 나온 말이라 다른 의미는 없어 보였지만, 그다음 말은 역시나 가시가 돋쳐 있었다.

이혼 생각은 하지도 말라고, 이쿠코는 딱 한 번 나루미에게 말한 적이 있었다. 이제 와서 나루미가 신지를 데리고 온 것을 보고, 설마 그날이 온 것은 아닌지 본능적으로 마음의 벽을 친 것이다.

나루미는 신지가 지금 휴직 중인 이유를 이름 모를 병 때문이라는 사실은 쏙 빼고 전달했다.

"그래서 지금은 계속 집에 있어. 그렇지?"

직장 문제는 잠시 치워두더라도, 나루미는 그 말이 엄마를 안심시키는 효과가 있다는 것을 알았다. 그리고 그렇게 말하고 있는 스스로도 어쩐지 기분이 좋았다. 막 사귀기 시작한 커플이 무의식적으로 친한 티를 내는 것처럼, 그런 종류의 기쁨이 저절로 겉으로 드러나는 것도 엄마 앞이라서 그럴 것이다.

"나루미가 고생이죠. 그래도 지금까지 집을 비우는 일도 많았고, 좀처럼 둘이 같이 보낼 시간을 내기도 힘들어서 이렇게 지내보는 것도 좋은 것 같아요. 직장이 인생의 전부는 아니니까요."

지금의 신지가 그 나름대로 생각해낸 말이었겠지만, 나루미와 이쿠코는 할 말을 잃고 입이 벌어졌다.

'누구세요?'라고 할 뻔 했다. 신지는 묘한 분위기를 감지하고는 "아하하, 어? 내가 뭐 이상한 말 했어?"라고 황급히 어색한 침묵을 덮었다.

"아… 아니야, 아니야. 얼마나 좋아. 말 잘했어, 사위. 어머, 이제 드디어 손주 얼굴 보는 건가?" 이쿠코의 얼굴에 오랜만에 웃음꽃이 활짝 피었다.

나루미에게는 그렇게 간단한 문제가 아니었지만, 신지의 증상에 대해 자세히 설명하는 것은 피하고 싶었다. 엄마에게 쓸데없는 걱정을 끼칠 필요는 없었다. 그런데 아무리 그래도 사이가 좋아졌다는 사실을 알자마자 바로 손주 이야기라니, 나루미는 엄마의 그런 섬세하지 못한 성격이 불편했다.

신지는 이쿠코를 기분 좋게 만드는 방법을 터득했다는 듯 "그거야, 뭐"라며 웃는 얼굴로 나루미를 쳐다봤다.

"조용히 해." 나루미는 신지의 뺨을 꾹 눌렀다. 둘의 티격태격하는 모습에 이쿠코가 미소를 지었다. 새로운 신지와는 아직 한 번도 잠자리를 가진 적이 없다.

나루미는 신지가 엄마에게 보여준 능숙한 입담과 적절한 농담을 보고 마음이 복잡해졌다. 이런 소통 능력은 사회인으로서는 필요한 것이지만, 일주일 전 티 없이 맑았던 신지가 그리웠다. 보호자 내지 엄마 같은 존재였던 나루미를, 신지는 어느새 아내이자 여자로서 대하고 있었다. 붙임성 좋은 말이 너무 술술 나오는 것을 보면 어쩐지 거짓말 같았다. 이런 생각 자체가 피해망상일까? 나루미는 이쿠코와 막힘없이 대화를 나누는 신지를 물끄러미 봤다.

"엄마. 미안한데, 나 이상한 질문 하나 해도 돼? 이 사람, 어때 보여?"

불쑥 끼어든 나루미 탓에, 이쿠코의 웃음소리가 녹아내리듯 사라졌다. 신지는 나루미를 봤다. 그의 눈이 아주 약간 나루미를 비난하는 것처럼 보였다. 잠시 틈을 두고 이쿠코가 입을 열었다.

"좋아 보이는데, 왜."

뭐가 좋아 보인다는 것일까? 결혼 허락을 받으러 온 것도 아닌데 말이다. 나루미는 엄마의 생각 없는 대답에 실망했지만, 그쯤에서 그만두었다.

"왜 그래, 나루미. 갑자기." 신지는 분위기를 풀려고 했지만, 얼렁뚱땅 넘기고 싶어 하는 것처럼도 보였다. 자신의 병에 대한 것이나 '일'에 관한 것, 신지는 그런 이야기를 나루미 말고는 아무에게도 하지 않았다.

"잠깐 나갔다 올게."

나루미는 그렇게 말하고 병실에 신지를 남겨둔 채로 밖으로 나왔다. 아스미의 증상에 대해 의사와 면담 약속이 잡혀 있었기 때문이다.

나루미가 정신과 창구에서 이름을 대자, 간호사가 한 명 나오더니 어느 방으로 안내해줬다. 의사들이 쓰는 회의실 같은 방이었다. 흰색 계열로 통일된 벽과 테이블. 신축 건물 같은 냄새가 났다. 벽 한쪽에 아무렇게나 뚫린 구멍에서 전선 다발이 늘어져 있었다. 정말로 신축 건물일지도 몰랐다. 나루미는 혼자 덩그러니 방 안에 남겨졌다.

웃음소리와 함께 문이 열리고, 간호사 두 명이 방 안으로 들어오려 했다. 아무도 없을 줄 알았던 것인지 아니면 방 안에 있는 사람이 일반인이라 그런 것인지, 깜짝 놀란 표정으로 사과하더니 바로 문을 닫고 가버렸다. 나루미는 의자에서 살짝 들었던 엉덩이를 다시 내려놓으며, 방 안에 대고 한숨을 쉬었다.

굳이 이런 곳으로 불렀다는 것은 아스미의 상태가 많이 안 좋기 때문일까? 나루미는 불안했다.

약속 시간에 맞춰 왔는데도 결국 40분이나 기다려

야 했다. 종합병원이란 곳이 원래 감기로 진찰받으러 와도 2시간은 기본으로 기다리는 곳이기에 그다지 마음에 두지는 않았다. 하지만 아무것도 없는 방 안에 혼자 갇혀 있던 탓에 나루미의 불안은 점점 불어나기만 했다.

천장에 붙은 반구 형태의 감시 카메라를 바라보며 설마 자기가 실험용 쥐가 된 것은 아닐까 하고 불안이 망상으로 바뀌려는 순간, 드디어 의사들이 나타났다.

"죄송합니다, 기다리시게 해서."

밝은 목소리가 조금은 나루미의 마음을 안정시켜 줬다. 사십 대로 보이는 의사와 그보다 조금 더 나이가 많아 보이는 의사, 마지막으로 서른 전후로 나루미와 비슷해 보이는 여자 의사가 들어왔다. 3대 1이라는 불리한 구도에 나루미는 순간 멈칫했다.

가장 연장자인 의사는 만난 적이 있는 사람이었다. 신지를 담당한 의사다.

"안녕하세요. 그 후로 좀 어떠세요?"

구루마다라고 자신을 소개한 의사가 의자를 빼며 신지의 안부를 물었다.

"덕분에 잘 지내요."

"어머님도 입원 중이라면서요?"

"아, 엄마는 디스크 때문에요."

"그러세요? 힘드시겠어요."

"그렇죠."

ㄷ자로 붙은 긴 테이블에 서로를 마주 보고 앉은 형태의 3대 1 구도는 꼭 면접 시험장을 연상시켰다.

"오늘은 제 동생 때문에 보자고 한 것 맞죠?"

"네, 두루두루 같이 이야기를 좀 나누고 싶어서요."

그렇게 말하고 가운데에 앉은 미우라라는 의사가 자기 소개를 겸해 이름을 밝혔다. 어제 나루미가 한 참 이야기를 나눈 사람이었다.

어제 나루미는 사와키에게 들은 이야기를 미우라에게 상세히 설명해줬다. 미우라는 그 이야기를 들으며 사이사이 "맞습니까?"라며 옆에 앉은 다다시에게 확인했다. 다다시는 "네", "뭐 그렇죠"라고 대답하며 거의 나루미에게 맡겼다.

"그러니까 결국 따님은 가족을 가족으로 인식하지 못한다는 말씀이시죠?"

다다시가 그런 셈이라고 대답하자, "네네"라며 마

치 흔한 증상이라는 식으로 반응을 보였다.

병원에 실려 왔을 때 아스미는 흥분 상태라 진찰을 받을 수 없었다. 간호사가 달래고 약을 먹여 입원실에 들어갔다. 환자 본인을 진찰하기 전에 먼저 가족의 이야기를 듣고 판단을 내리려는 것처럼 보였다.

"내일 정식으로 진찰을 하고, 그다음에 다시 이야기하시죠."

미우라가 당시에 이와 같은 식으로 대응했던 것은 이제 와서 생각해보면 의미심장했다. 하지만 그렇게 심각해 보이지 않았기 때문에, 크게 신경 쓰지 않았다. 무엇보다 그 이상으로 나루미가 지쳐 있었기 때문이다.

검사 중이라는 이유로 오늘은 아직 아스미를 보지 못했다.

젊은 의사가 자기 소개를 마치자, 구루마다가 약간 몸을 숙이며 질문을 시작했다.

"조금 전에, 음, 덕분에 잘 지낸다고 하셨는데. 그 의미는, 아, 남편 분이요. 그 후에 회복이 되고 있다는 의미일까요?"

"네, 그런 것 같아요. 죄송해요, 병원을 못 와서."

"그러시군요. 어떻게 회복이 된 것 같으세요?"

"글쎄요, 그냥 제법 이제는 사람 같아 보여요."

"네에⋯."

'어? 그러면 안 되는 건가?'라는 생각이 들 정도로, 구루마다는 석연치 않다는 얼굴을 지었다. 신지는 됐고, 나루미는 아스미에 관한 이야기를 듣고 싶었다.

아스미는 안정을 찾았고, 오전 중에 상담을 받고 혹시 몰라 뇌 사진을 찍었다고 한다. 지금은 심리 검사 등 계속 검사를 받는 중이었다.

솔직히 육체적으로도 정신적으로도 거의 문제는 없다고, 미우라는 말했다. 하지만 그 표정에 먹구름이 끼어 있었다. 단 하나, 가족과 혈연에 대해서만 아스미는 전혀 이해를 못 하는 상태라고. 아니, 이해를 못 한다기보다 그 개념에 대해 설명할 수 없게 되었다고 했다.

최악이었을 때의 아스미를 겪어보지 못한 나루미는 상상이 잘 안 되었지만, 어딘가 신지의 초기 증상에 가까운 것 같았다. 단, 신지의 경우에 그 '이해할 수 없는 것'의 범위가 너무나 방대했다.

마치 나루미의 마음을 읽은 것처럼 구루마다가 똑

같은 말을 꺼냈다.

"남편 분의 증상과 같지요? 그때는 사례가 없어서 다른 가능성을 찾았는데, 지금 다시 생각해보니 남편 분이 최초의 환자인 것 같습니다."

"최초의 환자요?"

"똑같은 증상을 보이는 환자가 요 일주일 사이 많이 발생하고 있어요. 상담하면서 알게 되었는데, 다들 어떤 특정한 것에 관해서 사고할 줄 모르게 됐더군요. 동생 분의 경우는 가족 관계인 거고요."

"잠재적 환자는 더 많을 것으로 보고 있습니다." 미우라가 덧붙였다.

이런 이야기를 왜 나한테 할까? 나루미는 의아했지만, 그들이 하고 싶은 말이 무엇인지 어렴풋이 알 것 같았다.

"그럼 그게 옮는 병이라는 건가요?"

"아니요, 균이나 바이러스는 나오지 않았습니다. 하지만 솔직히 원인을 전혀 모르겠어요." 미우라는 두 손 들었다는 표정을 지어 보였다.

병의 원인을 알 수 없다는 것은, 전염병일 가능성도 완전히 배제할 수는 없다는 말이었다. 확인 가능

한 최초의 샘플이 신지이고, 게다가 신지는 회복 중
에 있다는 사실이 이들에게 얼마나 좋은 소식일지는
뻔했다.

"남편 분께 재검사를 부탁드려도 될까요?"

"네, 뭐, 그렇게 할게요. 그런데 좋아졌다는 게, 그
냥 조금 좋아진 것 같다는 거예요, 제가 느끼기에."

제가 느끼기에. 조금 좋아진 정도가 아니라 극적
으로 성장한 신지를 보여준다면, 이 사람들은 어떻게
반응할까? 어쩐지 불길한 예감이 든 나루미는 자기도
모르게 진실을 감추려는 듯한 말을 뱉어버렸다.

실제로 의사들이 하는 말은 심각했다. 어떤 특정한
것에 관해 의미나 개념을 잃어버린 사람들. 예를 들
어 '사과', '바나나', '과일'이라는 단어는 알고 있다.
하지만 과일이 무엇이냐고 물으면 구체적인 지식과
연결할 줄 모른다. 그것도 과일 가게를 하는 사람이
그렇게 되었다고 하니, 웃을래야 웃을 수도 없는 노
릇이다. 자기 손가락의 움직임에 홀려 발광한 사람의
이야기를 들은 적은 있지만, 가여운 과일 가게 주인
은 과일에 둘러싸여 대체 과일이 무엇인지를 고민하
다가 정신이 오락가락하게 된 모양이었다.

"과일 가게 주인한테 도대체 어떻게 설명을 해주면 될까요? 설명할 방법이 없어요."

생각 없이 웃어버린 나루미를 향해 구루마다는 열을 올리며 설명을 이어갔다.

"제가 본 환자 대부분은 사회적, 문화적인 추상 개념을 잃었어요. 일상생활이 불가능해진 사람도 많아요. 예를 들어 회사원이 '인재', '책임' 같은 개념을 인지하지 못하게 됐는데, 정작 본인은 자각을 못 해요. 그러니까 더 꼬이는 거예요. 일을 할 수가 없죠. 그것 말고도 많습니다. 계절, 국민성, 문화, 사는 것, 죽는 것, 질투, 신앙, 사람의 마음, 꿈. 숫자나 시간을 모르겠다는 사람도 있었는데 정말 답이 안 나오더라고요. …아무리 설명하고 가르쳐줘도 이해를 못 해요."

구루마다는 숟가락이라도 던지듯 손을 저었다.

"사람에 따라서는 정신적으로 완전히 망가진 사람도 있어요." 미우라도 푸념하듯 말을 보탰다.

일방적으로 무겁게 흐르는 답답한 공기가 방 안을 채웠다. '그래서 아스미는 어떻게 하면 되나요?'라고 나루미는 묻고 싶었지만, 말로 나오지는 않았다. 침묵 속에서 멀리 헬리콥터 소리가 들려왔다. 그 소리에 반응이라도 하듯 구루마다는 숙이고 있던 고개를 들더니, 보이지도 않는 하늘을 올려다봤다.

"그리고 평화, 전쟁 같은 개념도."

구루마다는 혼잣말처럼 중얼거렸다.

그때 찰칵 문이 열리더니 간호사가 구루마다를 불렀다.

"동생 분 만나러 가보실까요?"

미우라가 그렇게 말하더니 일어섰다.

나루미는 힘없이 복도를 걸으며, 신지에 대해 생각하고 있었다. 구루마다가 예로 들었던 단어 중 몇 개는 신지가 '일'을 하면서 학습했다는 것들이었다.

아스미의 병실 문이 열렸다.

"아, 왔어?"

동생은 나루미를 보고 말했지만, 그 말투는 자매 사이라기보다는 친구, 그것도 별로 안 친한 친구, 얼굴만 아는 사이에서나 할 법한 느낌이었다.

"좀 어때?"

"그냥 뭐."

아스미는 나루미라는 존재를 어디에 놓아야 할지

몰랐다. 나루미와 관계된 생각을 하면 가슴이 갑갑해지면서 토할 것 같았다. 아스미의 마음속에 남아 있는 나루미와 나눈 시간은 마치 꿈처럼 종잡을 수 없는 기억으로 변환되었고, 눈앞에 있는 나루미에게서는 도플갱어를 볼 때처럼 으스스한 기분이 들었다. 둘의 대화는 허무하게 표면에서 미끄러졌고, 세상에서 가장 친했던 사람이 영원히 알 수 없는 존재가 되어 있었다. 아스미는 말로 전환되지 않는 감각에 겁먹어 나루미에게서 시선을 떨어뜨렸고, 간호사에게 귓속말을 건넸다.

간호사가 그 말을 미우라에게 전하자, 그는 "그만 나갈까요?"라며 문을 열었다.

나루미는 미우라에게 방금 아스미가 무슨 말을 했냐고 물었다.

아스미가 "이 사람 무서워요"라고 말했다고 한다.

아스미는 당장 퇴원도 가능하다고 했다. "이런 말씀드리기는 뭐하지만." 미우라는 조심스럽게 말을 꺼내며, 되도록 가족들이 아스미와 잠시 거리를 두는 것이 좋겠다고 충고해줬다.

아스미를 제일 걱정하는 사람들이 지금 그녀에게

가장 위협적인 존재가 되어 있었다. 부모님은 이 사실을 이해하실까? 나루미는 심장이 밧줄로 꽁꽁 묶인 것 같은 기분이었다.

"나을 수 있겠죠?"

"아직은 뭐라고 드릴 말씀이 없습니다."

그 대화를 끝으로 나루미는 복도에 남겨졌다. 미우라는 신지처럼 회복되는 경우도 있다는 사실을 환기해줬다. 하지만 나루미는 아스미와 신지가 비슷하면서도 다른 경우임을 직감적으로 알았다. 신지는 다르다, 결정적으로 다르다.

엄마가 있는 병실로 가야 했지만, 정신을 놓고 복도를 걷다가 탁 트인 공간이 나오자 눈에 들어온 벤치에 잠시 엉덩이를 붙였다. 마이크 목소리가 공간 전체를 울렸다. 나루미가 도착한 곳은 병원 처방약을 다루는 약국이었다. 얼굴을 들어보니 전광판에 연하장 복권의 당첨번호*[3]처럼 생긴 숫자가 나란히 찍혀 있었다. 나루미는 계속 바뀌는 숫자를 바라보며, 아

---

*

3 일본의 우체국에서 판매하는 연하장에는 복권 당첨 번호가 인쇄되어 있다. 복권에 당첨되면 각종 상품을 받을 수 있다.

무리 기다려도 자기를 불러주는 사람은 없을 거라는 너무나 당연한 사실에 어쩐지 쓸쓸해졌다.

나루미에게는 아무런 상관도 없는 디지털 게시판 옆으로 커다란 아날로그 시계가 걸려 있었다. 째깍, 하고 분침이 움직이는 소리가 들리자 마치 시간이 눈에 보이는 것 같은 기분이 들었다. 막 오후 3시가 되려고 하고 있었다. 오전에 잔뜩 끼어 있던 구름이 바람에 실려 어디론가 가버렸고, 햇살이 바닥을 굽기라도 할 듯 비추고 있었다. 그 탓인지 반대로 공간 전체가 약간 어둡게 느껴졌다. 병원이 기를 쓰고 없애려 하는 특유의 음울한 분위기가 오히려 더 강조되는 것 같았다.

막연한 불안감에 나루미는 "안 돼, 하지 마"라고 입술을 움직였지만, 소리로 나오지는 않았다. 대신 한 번 더 째깍 하는 얼빠진 소리가 들렸고, 그 소리는 마치 "난 절대 멈추지 않아"라고 말하는 것처럼 들렸다.

그때 갑자기 휴대폰이 울렸다. 나루미는 진동으로 해놓지 않은 것을 후회했다. 몇 명인가 나루미를 향해 나무라는 눈빛을 던졌다. 그나마 문자 메시지라 다행이었다.

신지가 보낸 것이었다.

"배고파. 지금 병원 탐험 중."

바보. 그러면서도 귀여운 이모티콘에 표정이 확 변한 자기가 더 바보라고 스스로를 타박했다. 나루미는 자리에서 일어섰다.

"지금 어디 있어? 엄마는?"

걸으면서 은밀하게 문자를 보냈다. 이런 상황에 이모티콘을 굳이 넣는 것이 유치하게 느껴졌지만, 그래도 꿋꿋이 화난 얼굴을 함께 넣어 보냈다.

"커다란 매점 발견. 장모님은 조금 주무시겠대."

"1층에 약국 있으니까 거기로 와. 병원에서는 휴대폰 금지야!"

오늘은 그냥 집에 가자. 신지가 구루마다 선생님을 안 만나면 좋겠는데. 나루미는 벽에 기댔다.

잠시 후 신지가 나루미 옆에 시치미를 떼고 서 있었다. 나루미는 놀란 기색도 나무라는 기색도 없이 "가자"라고 입을 떼고 곧장 출구로 향했다.

주차장으로 이어지는 산책로로 나오자, 신지가 "잠깐만"이라고 하더니 택시 승강장으로 갔다. 누군가와 이야기를 하는 것 같았다. 아는 사람인가? 나루미는 따라가 인사하기가 귀찮아서, 그 자리에서 기다리기로 했다.

"신짱!"

1분도 못 기다리고 부르고 말았다. 성질 급한 아줌마로 보였을까? 나루미는 다시 한번 신지를 부른 뒤, 더는 기다려주지 않고 주차장으로 걸어갔다. 차 안에서 기다리고 있었더니 신지가 금방 조수석에 올라탔다.

"배고프다. 저녁 뭐 먹을까? 우리 술 마시러 가자, 저번에 갔던 거기. 사케 맛있어. 마음에 들어."

나루미는 시동을 걸려다 말았다.

"아직 3시밖에 안 됐어. 그리고 자기는 원래 사케 좋아했어."

"그랬나? 그렇구나, 맞아, 그랬어."

"자기는 조금 개성 있는 도호쿠 지방 사케를 좋아했어… 소주는 아오모리가 최고라고, 맛있는 건 북쪽이랑 남쪽에 다 몰려 있다고, 술 취하면 꼭 그런 소리를 했어. 알아?"

"맞는 말 했네. 또 홋카이도 여행 가고 싶다."

신지는 창문 스위치를 눌렀지만, 시동을 안 걸었기

때문에 아무 반응도 없었다. "덥지?" 나루미가 시동을 켜자 곧바로 에어컨 바람이 흘러나왔다.

"있잖아, 신짱. 우리 마을에 신짱 같은 사람이 많아졌대."

"나 같은 사람?"

"병원에 좀 와달래."

"나는 이제 괜찮아."

"옮는 병일지도 모르니까 검사를 해야 되나 봐."

검사하면 어떤 결과가 나올까? 신지만 가지고 있는 항체라도 나오려나?

"병원에는 안 가."

신지는 강한 어조로 말했다.

"매일 산책하면서 뭐 해?"

자기도 모르게 따지는 말투가 나와버렸다. 하지만 이 질문은 하지 않으면 안 되는 것이었다. 아내로서, 가이드로서.

"산책하고 사람들이랑 이야기하는 게 다야."

마을에 아스미 같은 사람이 넘쳐나고, 마을을 돌아다닐 때마다 회복하는 신지. 나루미는 두 현상 사이에 인과관계가 있다고 생각하지는 않았지만, 검사에서 신지에게 무언가가 나온다면 결코 좋은 것은 아닐 것이 분명했다. 나루미는 그런 확신이 들었다.

"나 병 아니야. 말로 옮는 병도 있어? 괜찮아, 나루미는 아무것도 걱정할 거 없어. 알았지?"

"나 굉장히 무서운 상상 했어…."

"상상 안 해도 돼. 우리 지금 참 좋잖아."

15

사쿠라이는 택시 운전사에게 목적지를 말했다.

"일단 역으로 가주세요."

다치바나 아키라의 실종은 뉴스로 보도될까? 그녀는 가까운 친척이 없다. 사쿠라이는 병원이 자기네 실수로 치고 은폐해주면 좋겠다고 생각했지만, 경찰도 얽혀 있는 사건의 주요 참고인인데 그럴 수는 없을 것이다.

아마노 때문에 망가져버린 의사가 얼마나 증언할수 있을지도 예상하기 어려웠다. 나오는 길에 간호사실을 지날 때 모르는 척 인사라도 할 것을 그랬다. 그러면 적어도 용의자가 아니라 참고인이 될 가능성은 있었다.

아키라가 실종되었다는 사실이 밝혀지는 시점부터 사쿠라이와 아마노에게 연락이 올 것은 명백했다. 하지만 두 사람의 집 말고 피난처가 될 만한 곳이 떠오르지 않았다. 사쿠라이는 우선 역으로 가달라고 했지만, 목적지를 정하고 한 말은 아니었다.

사쿠라이가 조수석에서 뒷자리를 돌아봤더니 둘다 창밖으로 경치를 바라보고 있었다. 아키라의 음부로 눈이 갔다. 얼른 옷을 사야 한다. 이런 환자복 차림은 금방 눈에 띄고 만다.

"아키라, 옷 사이즈가 어떻게 돼?"

"M. 아, 9호라고 해야 되나?"

"신발은?"

"230."

사쿠라이는 수첩에 메모하고 운전사에게 백화점 같은 곳이 없냐고 물었다.

운전사는 백화점이라기보다 마트에 가까운 어느 점포 주차장에 차를 세웠다. 사쿠라이는 마치 부모가 아이에게 하듯 두 사람에게 절대 밖으로 나오지 말라고 일러둔 뒤 쇼핑을 나섰다.

지하에 식료품 매장이 있고 1층에 생활 잡화, 화장품, 옷까지 다 모여 있었다. 입구에서 지도를 봤지만 어느 물품이 어디에 있는지 한눈에 파악하기 힘들었다. 짜증 섞인 말이 절로 나왔다. 사쿠라이는 마음이 급해 허둥대고 있었다. 꼭 책의 한 대목을 여러 번 읽을 때처럼 집중력 없는 스스로에게 화가 났다.

밖에서 기다리고 있는 저 둘을 데리고 어디로 가야 할까?

"죄송한데요, 옷은 어디 있죠? 여자 옷이요."

나중에 생각하자. 사쿠라이는 싼 땅값의 장점을 제대로 살린 넓은 점포 안을 종종걸음으로 걸었다. 여성복 매장에 여고생이 몇 명 있었다. 최악의 상황이다. 아키라의 사이즈를 이미 외웠지만 사쿠라이는 보란 듯이 수첩을 펼쳤다. 일 때문에 온 거라고, 변태가 아니라고 호소하기 위해서였다.

그는 원피스를 골랐다. 다소 사이즈가 틀려도 대충 입을 수 있을 것 같았고, 기장을 수선할 여유도 없었기 때문이다.

"아, 브래지어 사이즈 묻는 걸 깜빡했네." 험악한 얼굴로 이런 말을 중얼거리고 나서야 사쿠라이는 옷음이 나왔다. 그리고 이유가 뭐가 됐든, 여자 속옷 가게에서 혼자 웃고 있는 사쿠라이는 부인할 수 없는 변태였다.

눈대중으로 적당한 것을 골라 바구니에 쑤셔 넣었다. 계산대에서 수신인을 공란으로 두고 영수증을 발급해달라고 부탁한 것은 최소한으로 자신을 방어하기 위해서였다. 신발 가게에 가서 그래도 원피스와 잘 어울릴 만한 것을 골라주자는 생각이 들자, 드디어 여유를 찾았구나 싶어 조금 안심이 되었다.

당장 경찰이 들이닥치는 일은 없을 것 같아 일단 사쿠라이가 묵는 숙소로 가기로 마음먹고 다시 택시에 올라탔다.

"비치는데? 이 원피스. 안에 뭘 입어야지, 안 되겠어."

"팔자 좋은 소리 하고 있네." 방금 전까지는 노팬티였으면서. 사쿠라이는 자기 물건을 정돈하면서 대꾸했다. 아마노는 팔짱을 끼고 생각에 잠겨 있었다.

"왜 그래?"

사쿠라이는 손목시계를 보며 말을 걸어봤다. 오후 4시가 다 되었다.

"2주 동안 대강 일을 마친 것 같은데, 애가 성과가 너무 없어서 비교 대상이 안 되잖아. 빨리 세 번째 동료가 합류해야 하는데 말이야. 본격적인 수색이 시작되기 전에."

아마노도 상황 파악은 된 모양이었다.

"그래도 빈손으로 가는 것도 좀 그렇고, 나도 일 하고 싶어."

"넌 됐어." 아마노는 아키라의 말을 잘라버렸다.

"치. 뭐야, 그게."

사쿠라이는 녹음기의 충전 상태를 확인했다.

"아마노. 혹시 모르니까 장소를 옮기자. 렌터카를 빌릴게. 그전에 아키라 이야기를 듣고 싶은데, 괜찮지?"

"괜찮아."

아마노가 언짢아 보이는 이유는 아키라의 작업량이 너무 적기 때문일까? 하지만 서로의 성과를 확인할 시간은 없었을 것이다. 사쿠라이는 알 수가 없었다. 아키라는 주눅 든 기색도 없이 사쿠라이를 호기심 어린 눈으로 쳐다봤다.

"왜? 뭔데?"

"너희 집에서 일어난 사건 말인데."

그렇게 말을 꺼내며 사쿠라이는 녹음기 버튼을 눌렀다.

듣고 보니 연결이 되었다.

할머니와 축제에 간 아키라는 금붕어 건지기 놀이를 즐기고 있었다. 그중에 한 마리가 '그것'의 맨 처음 주인이었다. 지금은 아키라의 몸속에 들어와 있는 '그것'은 금붕어 다음에 할머니로 옮겨갔다.

"나 처음에는 더 오래된 몸뚱이였어."

다음 날 아침 눈을 뜬 할머니는 몸에 익은 습관대로 아침밥 준비를 시작했다. '그것'은 몸 안에서 그 작업을 지켜보고 있었다. 단호박 껍질을 벗기던 할머니가 엄지손가락 안쪽을 베고 말았다. 콕 찌르는 자극이 할머니의 온몸을 자극했다.

"옮긴 지 얼마 안 됐을 때라 몸이 어디가 어딘지 하나도 모르겠더라고."

할머니는 손가락에서 흘러나오는 피가 신기해서 상처를 벌려보려고 칼로 마구 찔렀고, 팔꿈치까지 피가 줄줄 흘렸다.

그 모습을 본 아키라의 어머니가 당황한 마음에 할

머니를 붙잡았지만, 할머니가 몸을 돌리자 손에 들고 있던 식칼이 소리도 없이 며느리의 옆구리로 쑥 들어갔다. 용케 뼈 사이를 지나 정확하게 폐와 심장을 찔렀다. 식칼을 조금 움직여보자 미친 듯이 피가 뿜어져 나왔다.

"공부하려고 했구나." 아마노가 말했다.

"맞아. 숭숭 썰어서 공부했어. 피가 콸콸 나오더라니까. 너무 재밌었어."

"바보야. 그래 봤자 여기선 분석도 못 하는데 뭐하려고 썰어."

2층 침실에서 내려온 아키라의 아버지가 부엌에 들어오자마자 바닥에 묻은 피 때문에 미끄러졌다.

"그때부터 나도 내가 뭘 어쨌는지 모르겠어. 모르겠는 게 너무 많아서 누구한테 물어보고 싶었어."

식칼을 사이에 둔 상황이 혈육을 적으로 만들었고, 당연한 말이지만 그와 동시에 소통은 완전히 불가능해졌다.

아들 부부가 더 이상 움직이지 않자 할 수 없이 할머니는 자기 몸을 공부하기로 했다. 한참 조사하는 중에 의식에 잡음이 섞이기 시작했는데, 그것은 그들의 용어로 '소실'에 가까운 증상으로 보였다. 할머니는 서둘러 근처에 얼어붙어 있던 아키라에게 자신의 존재를 전송했다.

"이건 아니다 싶어서 여기로 갈아탄 거야."

갈아타기를 거듭한 탓에 아키라의 몸에 적응하기까지 시간이 많이 필요했다. 병원에서 쇼크 상태로 진단받았던 시기가 그때였다. 아키라의 몸에 의식이 돌아왔을 때 인격이 바뀐 것처럼 보인 것은 트라우마 때문이 아니라, 외계인이 인격을 지배했기 때문이다.

"이렇게 될 줄은 몰랐어."

"처음부터 몸에 있는 데이터를 전부 확인하면 대강 다 파악되는데." 아마노는 작은 실수를 지적하듯 못마땅하다는 표정을 지었다.

그들은 아예 인간과 존재 방식 자체가 다르다고 한다. 본래 모습으로는 이 세계에 간섭할 수 없기 때문에, 존재 방식을 우리에게 맞춰 인간의 사고 체계, 신경세포의 움직임 자체를 빼앗는 것 같았다. 아마노는 이런 내용으로 해설해줬지만, 이 내용도 아마노의 지식을 기초로 해서 언어화한 것에 불과했다.

숙주가 축적한 정보를 가지고 그들은 개념을 수집

한다는 목적 하나만을 위해 움직인다. 사쿠라이는 그들이 일종의 신경 네트워크인 인간의 뇌를 장악해 가동되는 프로그램 같은 존재일지도 모른다는 생각이 들었다. 그럼 각자에게 자유의지는 없는 것일까?

"고마워. 이제 됐어. 정말 고마워."

사쿠라이는 녹음기를 끄고 한숨을 쉬었다.

"차 좀 빌려올게."

사쿠라이는 그 말만 남긴 채 얇디얇은 문을 쾅 닫고 나갔다.

아키라는 침대에서 일어나 옷장 안에 붙은 거울에 자신을 비추어 보았다.

"어울려?"

"별로."

아마노는 그대로 침대에 누웠다.

사쿠라이는 자판기 앞에서 지갑을 열고 나서야 생각보다 현금이 조금밖에 없다는 사실을 깨달았다. 물을 사서 마시자 온몸으로 찬 기운이 퍼지는 것이 느껴졌다.

신문 기자가 되고 싶었다. 삼류 주간지에 별 볼 일

없는 기사만 써대다가 2년 전에 프리랜서가 되었다. 기명 기사에 집착해, 되도록 딱딱한 내용을 다뤘다. 그렇지만 스스로 저널리스트라고 소개하기에는 한참 멀었고, 자신의 나약함과 재능 없음에 자괴감이 든 적도 있었다.

요즘 세상에 "외계인 습격"이라는 20세기스러운 기사를 도대체 누가 사주겠는가. 하지만 만약 이 기사가 한낱 이야깃거리에 불과한 것이 아니라면? 이렇게 가정하는 것 자체가 이야깃거리에 불과하다는 의미라고 상식적인 사쿠라이가 주장했지만, 현실의 사쿠라이는 그냥 이야깃거리가 아니라고 소리 지르고 싶었다.

그들이 인간이 아니라는 확신이 있었다. 하지만 어쩌면 자신이 그렇다고 믿고 싶어서 그렇게 본 것일지도 몰랐다. 크게 한 건 올리고 싶은 마음이 과대망상이 된 것은 아닐까? 외계인 습격? 그런 애들 장난 같은 뉴스는 인터넷에서도 아무도 관심을 안 가질 것이다. 오손 웰스*⁴의 시대는 지났는데 말이다.

"내가 미쳤지."

사쿠라이의 머릿속에서 계속해서 쳇바퀴가 돌고

있었다.

아마노의 능력이 최면술 같은 것이라고 친다면, 아마노와 아키라의 해후를 어떻게 설명해야 할까? 두 사람은 그전까지 만난 적이 없었지만 서로를 보자마자 몇 초 만에 완벽하게 의사소통했다. 아키라는 입원하고부터 외부인과 연락할 수 없었다. 아마노와 미리 입을 맞출 시간이 있었을 리가 없다. 만약 둘의 행동이 모두 연기였더라도 마찬가지다. 그 연기를 사쿠라이에게 보여준다고 득 될 것이 없다.

자칭 외계인들이 펼치는 이 쇼는, 누구 보라고 만든 것일까?

"난 아니야. 나는 그냥 우연히 이 쇼의 등장인물이 된 거야. 그럼 이 쇼의 결말은 어떻게 되는 거지?" 사쿠라이는 스스로에게 물었다.

지구 정복?

"내가 진짜 미쳤나."

다치바나 아키라와 아마노를 파출소에 넘기고 끝

*

4 미국의 영화 감독 겸 배우. 〈시민 케인〉 등의 작품을 연출했다.

내버릴 수도 있었다. 돌이키고 싶다면 때는 지금이었다.

사쿠라이는 자신이 유괴 사건의 용의자가 되어 있을 것이라는 점에 대해 냉정하게 생각했다. 인생을 송두리째 망치는데도 이렇게까지 나서야 할 일일까? 나서야 할 일?

대체 무얼 하려고 하는 거지?

외계인의 존재를 밝히고, 지구를 지킨다.

"응. 인생을 걸기엔 완벽한 이유네." 사쿠라이는 웃었다.

머리가 돈 김에, 지구를 구하는 저널리스트가 되겠다고 사쿠라이는 결심했다. 영웅보다는 돈키호테에 가깝지만, 그것도 나쁘지 않다.

아니면 창피하니까. 진실을 보지 않고 덮어버린다면, 잃게 될 것이 너무나 크다. 광대가 하는 말을 곧이곧대로 믿는 사람은 바보이지만, 광대의 말이 진실이었을 때는 돌이킬 수 없는 일이 벌어진다. 광대의 말이 무서운 것은, 농담처럼 보이는 그의 말 안에 진실이 숨어 있기 때문이다.

· 틀리면 뭐 어떤가. 웃어넘기면 그만이다.

사쿠라이는 공중전화 박스 안에 들어가 전화번호부를 펼쳤다. 가세 신지. 세 번째 외계인의 이름을 기억해두었다. 그는 가세 성을 가진 사람들의 명단 가장 위부터 전화를 걸었다.

전화번호부에 자기 집 전화번호를 싣는 사람이 줄었지만, 그렇게 큰 마을도 아니고 잘못 걸더라도 가세 신지를 아는 사람일 가능성도 있었다. 사쿠라이는 동전을 많이 만들어놓으려고 마시고 싶지도 않은 주스를 더 샀다.

동전이 거의 떨어질 무렵에야 기다리던 이름을 겨우 들을 수 있었다. 대충 고등학생 때 같은 반 친구였다고 둘러댔다.

"잠깐 근처에 볼 일이 있어서 왔거든요. 얼굴이라도 보고 싶어서요. 혹시 괜찮으시면 연락처를 가르쳐주실 수 있을까요?"

가세 다다시는 아무런 의심 없이 딸네 집 주소와 전화번호를 사쿠라이에게 알려줬다.

한 가지 생각이 떠올랐다. 이런 골 때리는 생각을 하고 있는 사람이 어쩌면 자기 혼자만이 아닐지도 모른다는 것이다. 세 번째의 그에게도 분명 가이드가 있을 것이다.

무엇인지는 몰라도 그 무언가에 조금씩 다가가는 감각이 사쿠라이를 흥분시켰다.

역 앞까지 걸어서 15분. 휑한 역 위로 올라선 빌딩 안에 렌터카 업체가 있었다. 신분증을 제시해야만 했지만, 할 수 없었다. 가세 신지가 아마노처럼 똑같이 이 마을을 어슬렁거리고 있다면, 아직까지 마주치지 않은 것이 기적이다. 경찰이 수색을 시작할 가능성도 있으니 셋이서 대중교통을 이용하는 것은 피하고 싶었다.

렌터카 가게에서도 영수증을 챙겼다. 지금 하고 있는 일이 만약 틀리지 않다면, 이것이야말로 특종이다. 어마어마한 곳에서 돈이 들어올지도 모른다. 사쿠라이는 그런 장난 같은 상상을 할 정도로, 결심이 선 다음부터는 마음에 여유가 생겼다.

운 좋게 렌터카에 여유가 있어서, 곧바로 차를 빌려서 숙소로 돌아갔다. 시동을 걸자 라디오에서 소리가 났다. 타이밍 한번 기가 막히게 속보가 나왔다. 또 전쟁을 시작한다는 소식이었다. 미군의 주도로 이웃 국가를 공습하기로 결정했다. 자위대가 담당할 후방

지원의 주요 거점으로 이 마을도 앞으로 더욱 북적일 것이다. 적국의 사정거리 안에 있는 이 나라도 전쟁터가 될 가능성이 있다. 10여 년 전 이라크 전쟁 때와는 사정이 다르다.

마침 눈앞을 지나가는 자위대 차량을 보면서, 사쿠라이는 "지금 전쟁이 문제가 아니라니까"라고 투덜거렸다. 하지만 전쟁 소식을 제대로 취재하지 못한 것에 대한 후회가 엄습했다.

취재 대상은 바뀌었지만, 세계 평화가 관련되었다는 점은 같다. "적은 의외로 가까운 곳에 있는 법이지." 사쿠라이는 연극 대사 같은 말을 중얼거리며 액셀을 밟았다.

숙소 근처 유료 주차장에 차를 세우고 집에 있을 두 사람을 위해 마실 것을 샀다. 가이드를 계속할 마음은 없었지만 아직은 외계인의 동료였다.

그가 묵는 곳은 2층에 있었다. 계단을 달려 올라가 현관문을 열었더니 둘이 침대 위에서 발가벗은 채로 뒤엉켜 있는 모습이 눈에 들어왔다. 아마노의 등판에 땀방울이 구슬처럼 맺혀 있었다.

"뭐 하는 거야?"

"아니, 경험해두는 게 좋겠다고 해서."

아마노는 그렇게 대꾸하더니 다시 아무 말 없이 허리를 움직이기 시작했다. 베개에 펼쳐진 아키라의 검은 머리카락이 흔들렸고, 그녀의 눈은 무표정하게 천장을 바라보고 있었다.

사쿠라이는 토할 것 같은 기분이 들었다.

16

소리 없이 고요한 방에서 괴로움에 몸부림치던 나루미는 텔레비전을 틀었다. 몇 번을 틀어도 모두 다 똑같은 뉴스뿐이었다.

"가뜩이나 짜증 나 죽겠는데, 짜증 나는 일 좀 벌이지 마." 나루미는 진절머리가 난다는 듯 텔레비전을 향해 삐죽거렸다.

"뭐가?"

"전쟁."

신지는 갓난아기처럼 텔레비전을 향해 엉금엉금 기어갔다. 화면 속에서 소위 전문가라고 불리는 사람들이 계속해서 무의미한 토론을 벌이고 있었다. 텔레비전 속으로 들어갈 것만 같던 신지의 눈앞에서 픽하고 여운을 남기며 화면이 꺼졌다.

"조금 이르긴 하지만, 술 한잔 하러 갈까?"

그 말에 신지가 몸을 돌리자, 나루미가 뒤에서 리모컨을 쥔 채 서 있었다.

새로운 신지와의 생활을 마냥 속없이 즐기고만 있을 수는 없었다. 물어보고 싶은 것도 산더미였다. 날이 갈수록 명석한 두뇌와 수려한 언변을 자랑하는 신지와 대등해졌다는, 아니 오히려 뒤처졌다는 느낌이 들었다. 나루미는 오늘이야말로 진지하게 대화를 나눠야겠다고 마음먹었다.

이렇게 의욕이 충만해 어깨를 으쓱이는 아내에게, 신지는 좋다고 가볍게 대꾸했다.

시골 선술집에는 주차장이 있다. 대놓고 음주운전 하라는 것인가 싶지만, 대리운전 서비스가 있으니 주차장 공간을 마련해놓은 이유는 있는 셈이다. 왕복 택시를 탈지, 올 때만 대리운전을 부를지 고민하던 나루미는 결국 걸어가기로 결론을 내렸다.

"산책 잘 하잖아?"

번화가가 있는 역까지 두 정거장 거리였고, 걸으면 30분은 걸렸다. 둘은 전날 함께 산 운동화를 신었다. 나루미는 나이키의 클래식한 모델이고, 신지는 아식스에서 나온 조깅화를 골랐다. "아주 본격적으로 돌아다닐 작정이네." 신발을 살 때 나루미는 웃었다. 아직 새 운동화 티가 나는 나이키 운동화에 비해, 신지의 아식스 운동화는 벌써 발에 익숙해진 듯 꽤 부드러워 보였다. 나루미는 신지의 발끝에다 만보기를 달아주고 싶은 충동을 느꼈다.

오늘 구름은 평소보다 잿빛이 사라졌다. 하늘도 잘 보인다. 장마철 중에 이런 날이 며칠 낀다고 하더니 정말이었다. 해 질 무렵, 이런 날은 걷는 것도 나쁘지 않다. 특히 둘이 함께라면 말이다.

인기척 없는 주택가를 뚜벅뚜벅 걷자, 나루미는 문득 무언가가 그리워지는 기분을 느꼈다. 시간대 때문일지도 모른다. 하늘이 바다 쪽부터 천천히 오렌지색으로 물들기 시작했다. 어디선가 저녁밥 짓는 냄새가 돌아다니고 있었다. 둘은 계속해서 나란히 걸었다.

"뭐 먹고 싶어?"

"뜨끈하게 푹 끓인 음식."

"지금 저 냄새 맡고 그러는 거지?"

막힘없이 대화를 나누면서 번화가에 도착했을 때는 주변이 어둑해져 있었다.

작은 스피커로 억지로 소리를 키웠는지, 매끄럽지 못한 낮은 음질의 목소리가 들려왔다. 대로로 나가자 확성기로 반전 시위를 하는 청년이 보였다.

전국 각지에서 반전 시위가 벌어지고 있다는 뉴스는 텔레비전에서 봤지만, 이 청년은 조금 달랐다. 전단지나 현수막도 없고, 단체복 티셔츠는커녕 달랑 혼자였다.

"이 전쟁은 말이죠, 우리의 책임이기도 한 겁니다."

티셔츠에 반바지, 비치 샌들 차림에 손에 확성기를 들고 머리는 부스스한 남자. 그의 말에 귀 기울이는 사람은 한 명도 없었고, 거리를 오가는 그 누구의 눈에도 보이지 않는 것 같았다.

"여러분이 몸에 꽁꽁 싸맨 채 놓으려 하지 않는 것들, 그 수많은 것들 말입니다. 그 많은 것들. 저는 깨달았습니다. 그렇게 뒤룩뒤룩 몸뚱이를 불려서, 뭘 어쩌려고 그러는 겁니까? 그러니까 자유롭지 못한 겁니다."

재산을 탐하는 욕구와 본능이 바로 모든 다툼의 원인으로, 만족을 모르는 욕망이 전염병처럼 만연해 있다는 것이다. 청년은 청빈한 삶을 고집하는 종교인 내지 유토피아를 동경하는 공산주의자 같았다.

청년은 나루미와 신지를 보더니 미소 지었다. 나루미는 그가 미친 사람이라고 생각했다. 청년은 확성기를 들고 연설을 계속했다.

"저는 여태 집에 틀어박혀 살면서 미래가 깜깜한 인간이었는데, 어떤 사람을 만나면서 바뀌었습니다. 그 사람은 저를 감옥에서 구해줬어요. 그 사람은 우리를, 노예에 지나지 않았던 우리의 족쇄를 벗겨줄 유일무이한 특별한 존재일지도 모릅니다."

자위대 차량이 거리를 누비고, 원인불명의 기묘한 질병이 소리 없이 퍼지고 있다. 전쟁 이야기로 들끓는 텔레비전. 변해버린 동생. 지난 2주 동안 신지와 보낸 시간만큼은 그런대로 재밌었지만, 나루미와 이 마을을 뒤덮은 장마 구름 같은 불안과 저 청년의 모습은 그동안 이곳에서 일어난 모든 변화를 상징하는 것처럼 보였다. 더 이상 듣고 있을 수 없던 나루미는 다시 걷기 시작했다. 하지만 신지는 가만히 청년을 바라보고 있었다.

"저를 구원해준 분을 여러분께 소개하고 싶습니다."

청년의 음성에 힘이 들어갔다. 거리의 사람들 몇 명이 발을 멈췄다.

나루미가 신지를 부르려고 하자, 확성기로 흘러나온 목소리가 그를 가로챘다.

"이리 와요! 신쨩!"

쿵 하고 심장이 뛰는 소리가 느껴졌다. "누구야?" 나루미는 신지에게 달려갔다.

신지는 그 청년을 기억하고 있었다. 개념을 잃은 자가 어떻게 되는지, 신지는 주의 깊게 관찰했다. 바닷가에서 만난 그 청년에게 빼앗은 것은 '소유'에 해당하는 개념이었다. 기억났다.

"마루오라는 애야."

마루오는 다시 한번 외쳤다. "신쨩!"

번화가를 걷던 사람들이 둘을 돌아봤다. 나루미는 부끄러움과 공포로 혼란스러웠다. 신지의 팔을 꾹 잡았다.

"드디어 만났네. 내가 얼마나 찾아다녔다고요."

마루오는 천천히 두 사람과 간격을 좁혔다. 둥실둥실, 마치 공중을 걷는 것 같은 마루오의 기묘한 분위기가 무서웠다. 나루미는 신지를 잡아당기며 그곳에서 도망쳤다.

마루오는 일부러 그런 듯 확성기에 대고 이렇게 말했다.

"지구에 적응은 잘 했어요? 저기요. 잠깐만요."

나루미는 사람들 눈을 의식하면서 경보 선수처럼 성큼성큼 속도를 높였다. 무슨 일이 벌어진 건지, 머릿속에서 정리를 좀 하고 싶었다.

"왜 도망쳐요!"

도망치는 데 적극적이지 않은 신지 탓에 발목을 잡혀, 결국 마루오에게 추월당하고 말았다. 두 사람 앞에서 갈팡지팡하는 마루오는 펑펑 울다 만 사람처럼 눈이 부었고, 머리카락이 땀에 젖어 이마에 달라붙었다.

"도망치지 마요."

"도망 안 쳤어. 그나저나 오랜만이네."

"보고 싶었어요."

역시 맞다. 나루미는 생각했다. 이 사람도 분명 아

스미와 똑같다.

　마루오는 심호흡을 몇 번이고 한 다음 숨을 가다듬었다. 핏발 선 눈동자가 두 사람을 사로잡아 그의 말을 기다릴 수밖에 없었다.

　"난 말이죠, 신짱을 만난 날부터 변했어요. 저도 아직 놀라는 중이에요. 모든 게 다 하찮게 느껴졌어요. 그런데 그게 좋았어요, 무언가에서 해방된 것 같아요. 무엇에서 해방된 건지는 잘 모르겠지만."

　그렇게 말하고 활짝 웃는 마루오의 얼굴은, 어딘가로 내몰린 사람 같은 절박함이 느껴졌다. 마른 입술에 이가 달라붙었다. 그는 신지의 말을 기다리고 있었지만, 아무 말도 해줄 것이 없었다.

　신지가 이 사람에게 무슨 짓을 한 것이 틀림없다. 나루미도 그 정도는 알았다.

　"저기요, 이 사람 뭐 해요? 산책하면서 뭐 해요?"

　나루미는 감정을 누르지 못하고 질문을 쏟아냈다. 마루오는 마치 자기 이야기를 하듯 의기양양하게 대답했다.

　"해방이요. 이 사회에 만연한, 만연해 있는 그런 거지 같은 것들, 사람들의 머릿속에 가득한 해충을 말

살하는 거예요. 신짱, 내 말이 맞죠? 내가 사회에 적
응을 못 했던 게 아니에요. 이 세상이 전부 버그였던
거예요. 그날 우리가 본 유에프오 말이에요, 그거 미
사일이래요, 이웃나라에서 쏜 미사일이요. 그날부터
시작된 거예요. 신짱이 나한테 가르쳐준 게 그거잖아
요? 그렇죠? 나…."

그렇게 말하면서 마루오는 신지의 발에 매달렸다.
마치 연기를 하는 것처럼 보이는 그의 모습에 나루미
는 혐오감을 느꼈다. 나루미가 무의식적으로 두 사람
사이를 비집고 들어가자 마루오는 힘없이 엉덩방아
를 찧었다.

닿는 것 같지도 않았는데 나가떨어지는 모습에, 나
루미는 어쩌면 이 사람 벌써 죽은 건지도 모르겠다는
생각이 머리를 스쳤다.

마루오는 신지를 올려다봤다. 그의 눈에서 눈물이
뚝뚝 떨어졌다.

"신짱, 가르쳐줘요. 도대체 나한테 뭘 한 거예요?"

거리를 지나던 사람들이 가던 길을 멈추고 보고 있
었다. "공습"이라고 대문짝만 하게 적힌 호외 신문
이 바스락거리며 길거리를 굴러다니고 있었다. "우아

아!" 마루오는 으르렁거리듯 의미 없는 소리를 질러 댔다. 무언가를 고발하려는 것처럼 보이기도 했다.

신지는 그를 외면하듯 아무 대답도 하지 않았다.

"가자."

나루미는 신지의 손을 잡고 뒷걸음질 치며 마루오에게 멀어졌다. 두 사람의 등에 대고 마루오가 큰소리로 외쳤다.

"저기요! 신짱! 정말로 그런 힘을 가지고 있는 거면 구해줘요. 우리 모두를 구해줘요. 이 세상은 분명 잘못됐어요!"

나루미는 신지의 손을 잡아끌면서 고개를 푹 숙이고 황급히 자리를 떠났다. 이유도 모르게 눈물이 나왔다.

"짜증 나 죽겠어."

최악의 관계에서 180도 달라졌던 새로운 삶. 새로운 신지와 보내는 새로운 일상이 어쩐지 마음 놓이지 않고, 겨우 종이 한 장에 기대고 있는 것 같은 기분이 들었던 것도 사실이다. 하지만 이런 일은 상상도 못했다.

이 마을에서 일어나고 있는 일들은, 분명 신지가 원인이었다.

"나루미, 나루미." 잡아끄는 대로 졸졸 따라오던 신지가 나루미를 불렀다.

"나 할 말이 있어."

"그래, 있겠지." 나루미가 그를 돌아봤다.

재활의 비결을 밝힐 때가 왔다. 도대체 당신 정체가 뭐야?

둘은 아무 말 없이 산책을 하다가 공원 벤치를 발견하고는 거기에 앉았다.

중학생들이 자전거에 셋이나 올라타서는 깔깔거리며 눈앞을 지나갔다. 키가 큰 가로등에 벌레가 자꾸만 자기 몸을 부딪고 있었다.

나루미는 신지의 왼손을 자기 허벅지 위에 올려놓고 그 위에 자기 손을 포개 올렸다. 이런 행동도 이제는 자연스럽게 할 수 있게 되었다.

"나 실은 외계인이야."

신지는 진지한 얼굴로 말했지만, 나루미는 웃음밖에 안 나왔다.

"웃지 마."

"아스미도 그랬었거든, 꼭 외계인 같다고." 신지가 막 퇴원했을 때의 이야기다.

"어? 나 그렇게 외계인 티가 났어?"

"신기한 사람 보면 외계인이라고 하거든, 인간들은."

"미안해, 외계인이라."

웬 사과?

개념을 훔치는 외계인. 산책하는, 침략자.

"어디까지 믿으면 돼?"

"전부. 나 거짓말은 안 해."

"맹세할 수 있어?"

"뭐에 맹세해?"

"신."

"맹세해. 신이 뭔지는 잘 모르겠지만."

신지의 '일'이란 개념을 수집하는 것이었다. 자신이 개념을 학습하면 상대가 그 개념을 잃는다는 사실은 예상하지 못했다고 했다. 이런 소동이 일어날 줄 몰랐던 것이다.

"그렇구나."

207

외계인이라는 말을 믿을 리는 없었다. 하지만 유에
프오 특집 프로그램에 나온 것도 아니고, 그런 토론
을 하기는 싫었다. 축제 날 이후로 신지가 달라졌다
는 사실은 누구보다도 나루미가 가장 잘 알았다.

"그럼 신지는 어디 있어?"

"여기 있어."

"아니, 옛날 신지 말이야."

"회로를 쓰고 있거든. 이 몸이 가지고 있는 정보로
내가 가동된 거야. 그러니까 나는 신지의 가능성 중
하나야. 나는 그냥 작동하는 거야."

"무슨 말인지 못 알아듣겠어."

"그러니까 내가 신지라고. 그리고 넌 나의 아내야.
변한 건 아무것도 없어."

"변했어. 나는 신짱이 좋아. 지금 신짱이."

"다행이다. 나도 좋아."

신지가 이런 말을 한 게 언제였더라? 한동안 달콤
한 말에 대한 면역이 사라진 탓에 머리가 멍했다.

"우리 이미 옛날에 끝났었어. 알아?"

"알아. 그런데 지금은 잘되고 있지?"

"외계인 덕분이야?"

"그렇지. 신지는 이렇게도 할 수 있었던 거야."

"그럼 쭉 이렇게 있어줘."

이러다 갑자기 〈울트라맨〉에 나오는 외계인처럼 변신하면 어쩌지? 쭉 이렇게 있을 수 없다는 사실을 나루미도 알고 있었다.

병원 측이 신지에게 관심을 가지고 있다. 검사 결과가 어떻게 나오든, 그것이 병원체든 지구 밖의 생명체든 문제가 될 것이라는 점은 틀림없다.

"이제 다시는 이상한 기술 같은 거 쓰지 마. 신짱이 모든 일의 원인이라는 게 밝혀지면 잡아갈 거란 말이야. 알았지? 이제 다시는 산책하지 마."

"안 돼."

"제발."

"너는 내 가이드잖아. 이미 늦었어, 너도 공범이야."

공범. 무슨 소리야, 그게?

공원 옆을 지나는 트럭이 길게 경적을 울렸다. 그 소리가 나루미의 머릿속을 울리며 신지를 아주 조금 멀어지게 했다.

"아스미가 이상해진 것도 신짱 때문인 거지?"

"맞아. 나루미의 가족한테서 빼앗을 생각은 없었는데, 그땐 정말 모르고 그랬어. 동생이 어떤 의미인지. 미안해, 그렇게 소중한 사람인 줄 몰랐어."

"너무해!"

그 소리에 놀라기라도 했는지 벌레 한 마리가 신지의 발 앞으로 맥없이 떨어졌다. 운동화로 기어올라 있는 힘껏 반항해보려는 것 같았다.

신지는 일어서더니 물의를 일으켰다고 사죄하는 경영인이라도 된 것처럼 머리를 숙였다. 멀리 다른 벤치에 앉아 있는 한 커플이 호기심 어린 눈길로 쳐다봤다. 옆에서 보면 헤어지네 마네 지지고 볶는 막장 드라마의 한 장면 같을 것이다. 나루미는 마음을 진정하려고 크게 심호흡을 했다.

"그래도 다행이야. 전부 다 이해해줘서." 신지는 멋대로 이야기를 마무리 지으려는 듯 운을 뗐다.

"그런데 가이드로서 대답해줄 수 있어? 방금 전에 말한 신이라는 단어 말이야, 그걸 잘 모르겠어. 자주 듣기는 했는데, 신에 해당하는 개념을 찾을 수가 없어. 그걸 잘 알 만한 사람은 누가 있을까?"

"몰라." 나루미는 신지가 여전히 '가이드' 운운하는

데 속이 확 상해버려서 매정하게 대꾸했다.

　신에 대해서 물어보면 다들 싫어할 거라고 설명해주자 신지가 고개를 갸우뚱했다.

　"왜? 소중한 거잖아."

　"뭐라고 물어봤어?"

　"신이 뭐라고 생각하냐고."

　그건 아니지. 나루미는 헛웃음이 났다. 종교를 권하는 사람으로 오해 살 말이었다. 웃고 있는 나루미를 신지는 눈을 동그랗게 뜨고 봤다. 신지의 이런 얼굴을 보는 것도 오랜만인 것 같았다.

　"그러면 안 돼. 우린 소중한 거에 대해서 말하는 거 잘 못 해."

　나루미의 말에 신지는 난감한 표정을 지었다.

　"그럼 아직 내가 모르는 게 많을지도 모르겠네."

　"악마에 대해 물어보지 그래? 신의 반대가 악마니까."

　나루미가 아무렇지도 않게 조언해주자, 신지의 얼굴이 밝아졌다.

　"그렇구나! 역시 넌 공범이야. 좋은 가이드야."

　"그 가이드 소리 좀 그만해!"

공범이라고 해도 괜찮으니까, 가이드란 소리는 하지 않았으면 좋겠다고 나루미는 생각했다. 뭔가가 다르다.

신지는 나루미를 달래듯 말했다.

"좋은 아내야. 고마워."

"그럼, 나 좀 갔다 올게." 신지는 곧바로 일어서더니 잃어버린 물건이라도 찾으러 가는 사람처럼 발을 뗐다.

"잠깐! …안 돼, 그만해."

나루미가 간청하듯 붙잡았지만, 신지는 딱 잘라 말했다.

"안 돼."

17

외계인 둘과 하룻밤을 함께 보낸 사쿠라이는 멍한 상태로 아침 뉴스를 보고 있었다.

쇼라고 볼 수밖에 없는 오랜만의 전쟁 장면에 현실감이라고는 하나도 안 느껴졌다. 하지만 이게 바로 실제로 일어나고 있는 일이라고 생각하면 기분이 좋지 않았다. 게다가 문자 그대로 사쿠라이의 코앞에 새로운 침략자들이 떡하니 버티고 있었다.

"이거 보통 일이 아닌데."

그는 자고 있는 둘의 얼굴을 보며 중얼거렸다.

숙소에서 나와 보니 오전 햇살이 의외로 강렬했고, 고작 5분 걷는 것만으로 땀을 쭉 뺐다.

사쿠라이는 편의점에 들어가 아마노와 아키라가 먹을 샌드위치와 주먹밥을 바구니에 넣었다. 계산은 카드로 하고, 이번에도 영수증을 챙겼다. 점원이 제출용 영수증이 필요하냐며 품목을 적어주겠다고 하자, '먹이'라고 적어달라고 하고 싶어졌다.

편의점 밖에 재떨이가 놓여 있어 담배를 꺼내 물었다. 그러자 자전거 옆에서 빵을 먹고 있던 젊은 남자가 말을 걸어왔다. 말없이 있기도 어색한 분위기라 전쟁 이야기를 꺼낸 것이었는데, 사쿠라이는 진짜 문제는 그게 아니라며 내심 우쭐해졌다. 하지만 곧 그 우쭐함이 어린애의 치기로 느껴져 "정말 한심하죠"라고 중얼거리며 담배를 비벼 껐다.

젊은 남자는 선글라스를 끼고 부자연스럽게 발달한 허벅지를 교차시키며 달려갔다. 주차장에 선 장거리용 트럭의 디젤 엔진이 부릉부릉 요란하게 소리를 내고 있었다.

아마노 때문에 망가져버린 의사는 어떻게 되었을까? 지금쯤 자신이 완전히 유괴범이 되어 있을 거라는 생각이 들었지만, 사쿠라이는 이상할 정도로 두렵지 않았다.

지금 경찰에 잡힌다면 사실대로 증언해봤자 안 믿어줄 것이 뻔했다. 미친 사람 취급받으며 구속되는 것만큼은 피하고 싶었다. 병원에 남긴 사쿠라이의 개인 정보는 도쿄에 있는 집 주소와 이름뿐이었다. 지금 머무르는 숙소까지 찾아내려면 분명 시간이 더 필요할 터였다.

지금은 아마노와 아키라를 데리고 로드 무비 같은 도피 행각을 벌일 게 아니라, 문제를 공유할 수 있거나 적어도 그럴 가능성이 있는 가세 신지의 가이드를 만나는 것이 급선무였다. 사쿠라이는 손가락을 파고드는 편의점 비닐봉지를 양손에 번갈아 들며 생각에 잠겼다.

"내가 계란 샌드위치에 사족을 못 쓴다는 걸 잘 간파했군. 역시 사쿠라이 씨야."

아마노는 자신의 취향을 저격한 먹이에 만족했다.

"사족을 못 쓴다는 게 무슨 말이야?"

아키라가 주먹밥 포장을 뜯는 법을 몰라 끙끙대며 물었다.

아마노와 아키라의 능력이 어디까지인지 알 수는

없어도, 육체적으로는 인간일 뿐이라고 본인들 입으로 말했다. 숙소에 꽁꽁 묶어두는 선택지도 있지만, 아무래도 이들의 알 수 없는 능력이 위협이 될 수 있다. 설마 저 샌드위치처럼 우적우적 잡아먹힐 가능성은 없겠지만, 두 사람이 인간이 아닌 다른 존재라는 사실을 인정한 사쿠라이의 입장에서 노골적으로 덤비기는 어쩐지 꺼려졌다. 지금 사쿠라이의 눈앞에 있는 귀여운 저 둘은 사람을 죽일 수도 있고, 죽이는 것에 준하는 행위를 할 수도 있었다.

"잠깐 나갔다 올게. 너희는 여기서 안 나가는 게 좋겠어. 골치 아파질 테니까."

"어디 가는데?"

어쩐지 꿰뚫어보는 듯한 아마노의 말과 시선에 사쿠라이는 몸을 떨었다.

"이 마을을 벗어나는 게 좋을 것 같아. 그러려면 준비가 필요하지 않겠어? 꼭 여기에 있어야 할 이유는 없지?"

"없는데, 남은 한 명을 못 만난 상태로 여길 벗어날 수는 없어."

"그렇구나." 동감이다. 사쿠라이는 일단 숙소를 나

216

왔다.

그는 비즈니스호텔 1층에 있는 카페에 들어가 노트북을 열었다. 이 마을에서 인터넷을 쓸 수 있는 유일한 공공시설이었다.

"웃지 말고 읽어줘."

사쿠라이는 도쿄에 있는 믿을 만한 친구에게 메일을 썼다. 아마노와 함께 보낸 지난 2주일의 기록에 더해, 그동안 열의를 다해 써온 보고서에서 신중하게 사실에 해당하는 문장을 골랐다. 몰래 찍어둔 아마노의 '일' 현장 사진과 둘의 인터뷰 녹음 파일도 첨부했다.

이 자료를 어떻게 받아들일지는 알 수 없었다. 하지만 정리해보니 외계인의 '일'에 관해서 증거가 될 만한 것이 하나도 없었다. 사쿠라이의 확신을 뒷받침해주는 것은 지극히 개인적인 체험밖에 없었다. 기대는 안 되지만 송신 버튼을 눌렀다.

얼음이 다 녹은 아이스커피를 비우자 유리잔에 맺힌 물방울이 발 위로 떨어졌다. 사쿠라이는 하품을 하며 어깨 근육을 풀다가, 유리창 너머로 지나가는 여고생의 다리에 눈길이 가는 것을 깨닫고 번쩍 정신을 차렸다.

"꾸물거리고 있을 때가 아니지."

지금 당장 할 일은 가세 신지와 그의 가이드를 만나는 일이다. 그다음 일은 그다음 생각하면 된다.

유리로 된 샐러드 그릇에, 얼음물과 함께 소복이 담긴 소면. 제철을 맞은 신선한 생강에 소엽 잎, 파, 양하, 참깨, 그밖에 입이 절로 벌어지는 향료가 가득한 식탁. 나루미와 신지는 아무 말 없이 소면을 먹고 있었다.

아스미의 변화, 의사에게 들은 이야기, 우연히 만난 청년, 전쟁. 이미 머리가 터질 것 같은데 여기에 신지의 커밍아웃까지. 눈물조차 안 나던 지난밤을 넘겼는데도, 얼음이 너무 녹은 소면처럼 나루미의 머릿속은 아직도 흐리멍덩했다. 그릇 안 소면이 흔들렸다.

"있잖아, 신짱. 어제 한 말 말이야. 외계인이라는 거, 진짜야?"

"응. 진짜야. 왜?"

"아니야, 아무것도."

아무것도 아니지 않은 줄 알면서도 정작 입에서 나

오는 말은 현실 감각을 찾은 듯하면서 못 찾은 듯했다. 이게 나루미의 솔직한 마음이었다.

"그렇구나. 그럼 이제 어떻게 할까?"

"응. 동료들이랑 합류하기 전에는 뭐라 말을 못 하겠지만, 이대로 지내면 될 것 같은데?"

"안 돼. 이 마을에 도는 이상한 병이 정말로 신짱 때문이면 나는 그건 아무래도 좀 그래."

당연히 외계인이라는 말은 믿기 어려웠지만, 아스미와 마루오 같은 사람을 더 만들 수는 없었다.

"역시 문제가 되는구나. …아참, 나 악마 학습했어. 고마워. 그런데 신은 아직 모르겠어. 어렵네."

"그래?"

나루미는 젓가락을 놓고 자리에서 일어섰다.

설거지를 미루고, 툇마루에 앉아 앞으로 어떻게 할지 고민했다. 얼른 직장을 구해야 한다.

신지는 나루미의 뒤에 서서 하늘을 올려다봤다.

"햇살이 강하네. 장마가 아주 끝난 건 아니지? 나 잠깐 산책하고 올게."

나루미는 대꾸하지 않았다. 신지가 잠깐 동안 뒤에 계속 서 있던 것은 느껴졌다. 인기척이 사라진 것

같아 뒤를 돌아보자, 현관 미닫이문이 드르륵 소리를
냈다. 식탁 위 샐러드 그릇 안으로 작은 벌레가 날아
드는 것이 보였다. 나루미는 비틀고 있던 허리를 풀
어주려고 그 자리에서 픽 바닥으로 쓰러졌다. 초여름
향기가 졸음을 불렀지만, 나쁜 꿈을 꿀 것 같았다.

　초인종 소리에 눈을 뜬 나루미가 현관으로 달려가
보니 한 남자가 손수건으로 목덜미를 닦고 있었다.
신지를 만나러 온 그 남자는 나루미에게 사쿠라이라
고 이름을 댔다.
　나루미는 서둘러 밥상을 치웠다. 거리를 배회하
는 신지를 처음 병원에 데려다준 사람이 사쿠라이 씨
라는 사실을 알고 나니, "오실 때까지 기다려도 될까
요?"라고 묻는 그를 내쫓을 수는 없었다.
　"신지 씨는 좀 어떠세요? 좋아지셨어요?"
　"네, 뭐."
　이 사람은 신지가 달라졌던 사흘에 대해 뭔가 알고
있지 않을까.
　"사쿠라이 씨가 처음 발견했을 때, 신지는 어땠어
요?"

"글쎄요, 꼭 외계인 같았어요."

사쿠라이는 일부러 그 단어를 써서 말했다.

"하하. 외계인이 정말 있을까요?"

나루미도 일부러 말로 해봤다.

"네, 저는 있을 거라고 생각해요."

평범한 대화를 할 작정이었는데, 사쿠라이는 자기도 모르게 말에 힘이 들어갔다.

"실은 저한테 자기가 외계인이라고 하는 친구가 있거든요. 정말 특이한 놈이에요. 그런데 그런 식으로, 실제로 우리 중에 외계인이 섞여 있을지도 모르는 일이라고 생각해요, 전. 사람 탈을 쓴 악마도 널렸잖아요. 알고 보니 이웃이 외계인이더라는 이야기는 영화에서도 자주 쓰는 소재고요. 그런 이야기가 도시인의 불안한 심리를 반영한 것에 불과할 수도 있지만, 눈만 동그란 외계인보다는 현실감이 있잖아요? 아니, 저는 외계인이나 악마가 우리 마음속에 있다고 말하려는 게 아니에요. 지금 이 나라가 어수선하게 전쟁이나 일으키려는 것보다 사람들한테는 당장 저녁밥 메뉴나 같은 반 친구가 훨씬 중요하잖아요. 마찬가지로 애초에 지구를 침략할 것 같은 외계인을 상대로 우리가 할 수 있는 것도 없고, 당연히 현실감이 없죠. 준비가 하나도 안 되어 있으니까요. 그러니까, 그."

말을 하면서 사쿠라이는 자기 목소리가 멀어지는 것을 깨달았다. 하고 싶은 말을 비껴갔다. 그런 자신을 나루미가 꼿꼿이 보고 있다는 사실을 알아차린 뒤, 이번에는 불쑥 이런 말이 튀어나왔다.

"가세 나루미 씨, 가이드 맞죠?"

잠깐 틈을 두고 나루미가 대꾸했다.

"네."

사쿠라이는 뜻밖의 대답에 사쿠라이는 방바닥을 굴렀다. 미혼이었으면 청혼하고 싶을 정도였다. 죽어라고 웃음을 참으며 말을 이었다. "크크크… 저도, 저도 가이드거든요. 또 누가 있겠어요? 외계인의 가이드라뇨."

나루미는 사쿠라이가 왜 이렇게 좋아하는지 전혀 알 수 없었다. "죄송한데요, 가이드라는 게 도대체 뭐예요?"

사쿠라이는 몸을 일으키며 자연스레 무릎을 꿇고 자세를 바로 했다. 진지한 분위기를 만들어서 본격적으로 이야기를 시작하려고 했다.

"제 말 좀 들어보세요."

사쿠라이는 가이드라는 공통점으로 가장 큰 벽은
넘었다고 느꼈지만, 자신의 신분을 분명히 하고 자기
가 멀쩡한 사람이라는 점을 전제로 해야 이야기가 제
대로 흘러갈 것 같았다.

"죄송해요. 외계인이라는 게 정말인가요?"

"남편 분이 다 말하지 않았어요?"

"그렇기는 한데, 그래도…."

"무슨 말을 하고 싶으신지는 알겠어요. 그런데 토
론하고 있을 여유가 없어요. 지금은 편의상 외계인이
라는 말을 쓸게요. 나루미 씨, 저도 똑같이 외계인을
데리고 있어요, 두 명이나. 겉으로 보기에는 귀여운
애들이지만, 실은 괴물이에요."

느닷없이 불쑥 찾아온 사람이 자기 남편을 괴물이
라고 해대니, 나루미 입장에서는 좋은 소리로 들릴
리 없었다.

"괴물… 이라고요?"

"네. 그놈들이 뭘 하고 다니는지는 아시죠?"

"그쪽이 데리고 있는 사람은 어떨지 모르겠지만,
우리 신지는 얌전해요."

"그놈들이 '일'이라고 부르는 게 뭔지 본 적 있으세요? 그리고요, 이제 신지 씨가 아니라니까요. 외계인이에요."

"신지에요."

"아니에요."

"아무리 이야기해도 그건 아니에요. 외계인이라고 쳐도, 신지는 신지잖아요."

"아니라니까요, 신지 씨의 인격은 이미 점령당했어요."

사쿠라이는 또 한 명의 가이드를 마주하고 약간은 실망했다. 아니다, 그녀에게 자신과 똑같은 위기감을 바라는 것은 지나친 기대다. 그는 다급한 마음을 진정했다. 갑자기 둘이서 지구를 지키자고 할 수는 없는 노릇이었다.

사쿠라이가 다리를 풀어서 편하게 앉자, 툇마루 건너에서 매미 울음소리가 들려왔다.

"아무튼 신지 씨와 그 둘을 만나게 해서는 안 될 것 같아요."

"그건 동감이에요."

이 이상 귀찮은 일은 피하고 싶은 것이 나루미의

솔직한 마음이었다.

신지는 아마노에 비해 성격이 온화한 모양이었다. 가이드와 부부 관계를 맺고 있다는 점도 중요할지 모른다. 사쿠라이는 아마노와 아키라를 상대로 무얼 하기보다 나루미와 함께 신지를 회유하는 편이 더 현명한 방법이라는 생각이 들었다.

"지금 그 둘이 신지 씨를 찾고 있어요. 저는 더 이상 피해자가 나오지 않았으면 좋겠어요. 이제부터 신지 씨를 밖에 내보내서는 안 돼요."

나루미는 사쿠라이의 그런, 자기 말이 정답이라는 태도가 하나하나 눈에 거슬렸다.

"어떻게 그래요?"

사쿠라이 입장에서도 부부의 일상이라는 틀에서 벗어나려고 하지 않는 나루미가 답답했다.

"그럼 신지 씨는 지금도 밖에서 사람들에게 개념을 빼앗고 있겠네요?"

"아마요."

"나루미 씨. 넘어가면 안 돼요. 보기에는 진짜 남편처럼 보이겠죠. 그런데 아니에요. 그놈들이 하고 다니는 짓은 범죄란 말이에요, 공범이 되면 안 되죠."

"그럼 어쩌라는 거예요?"

"그걸 같이 의논하자고 온 거예요."

신경이 곤두선 두 사람 사이에 침묵을 메워주려는 듯 매미가 울어댔다.

"사쿠라이 씨가 원하는 게 뭐예요?"

"의논이요."

"신지가 진짜 외계인이에요?"

"그렇다니까요. 적어도 인간은 아니에요. 실제로 피해자도 있고요."

"둘이서 여행이라도 다녀올게요. 무인도 같은 데로요. 그래도 안 돼요?"

"정신 차리세요! 지금 누구 편이에요?!"

사쿠라이는 이렇게까지 생각에 차이가 있을 수 있는지 기가 막혔다. 꼭 자기만 바보가 된 기분이었다. 그는 벌떡 일어나 귓가에서 떨어질 줄 모르는 매미 소리가 나는 쪽으로 날카로운 시선을 던졌다. "죄송한데요… 일단은 그놈들 정체가 뭔지 답을 찾아야 돼요."

나루미는 아무 대답도 하지 않았다. 유일한 동지라 생각했던 상대에게 사쿠라이는 외면을 당했다. 너무 성급했다.

나루미는 대화가 따분한 듯 약지에 낀 반지를 손가락으로 돌돌 돌리고 있었다. 나루미에게 있어 신지는 외계인이기 이전에 남편이다. 사쿠라이와 아마노의 관계와는 다르다. 이 차이를 미리 알아차렸어야 했는데, 이건 사쿠라이의 실수였다. 사랑하는 사람이 외계인이라. 그런 상황은 누구라도 감당하기 어렵다.

"죄송해요. 너무 제 생각만 했어요."

"아니에요…."

말을 고르고 있던 사쿠라이의 등 뒤로, 자갈을 밟는 것 같은 소리가 났다. 뒤를 돌아보니 툇마루 너머로 역광 속에 서 있는 사람의 그림자가 보였다. 신지였다.

"어?" 신지는 사쿠라이의 얼굴을 보더니 눈을 가늘게 떴다.

하필 이런 타이밍에 만났다고 사쿠라이는 생각했다. 신지는 웃는 얼굴로 툇마루를 올라왔다.

"세상에, 안녕하세요. 저번에 병원 앞에서 뵙고 말 걸었는데. 저 잊어버렸어요? 아, 나루미, 이분이 날 병원까지 데려다준 분이셔. 죄송해요, 그때 감사하다는 인사도 못 드리고. 어? 그런데 나루미랑 아는 사이에요?"

신지는 사쿠라이 옆에 앉아 유창하게 떠들어댔다.
"말도 마, 매미는 울어대지, 햇볕도 아주 한여름이지. 머리가 익어버릴 거 같아서 그냥 왔어. 남자는 양산 쓰면 좀 그런가? 남자가 보기에 어떠세요? 역시 이상할까요?"

병원 승강장에서 만났을 때는 정신이 없어서 몰랐지만, 전혀 다른 사람이 된 신지를 보고 사쿠라이는 눈이 휘둥그레졌다. 이런 사교성은 아마노에게서 찾아볼 수 없었다. 원래 몸 주인이 가지고 있던 인격의 차이일까?

"깜짝이야. 그때랑 완전히 다른 사람이 된 것 같아요."

"아유, 덕분이죠. 그때는 정말 감사했어요. 아, 나루미, 차라도 좀 내드리지 그랬어."

"응." 나루미는 대답만 하고 움직일 생각을 안 했다. 묘한 침묵이 흘렀다.

"왜 그래?" 신기가 침묵을 깨뜨렸다.

분위기도 읽을 줄도 아는 것을 보고 사쿠라이는 감

탄했다. 그런데, 그건 그렇고 이제 어떻게 해야 할까?

"사쿠라이 씨가 할 말이 있대."

나루미의 편안한 말투는 '나는 이 사람 편이다'라고 선언하는 것처럼 보였다. 사랑은 국경을 넘는다더니, 대기권도 넘는다 이건가? 사쿠라이는 원망스러운 눈빛으로 나루미를 노려봤다.

"저한테요? 뭔데요?"

뭐 이런 탁월한 붙임성이 다 있지? 어디서나 사랑받을 사람의 전형이다. 아무런 위기 의식이 없는 나루미와 지극히 평범한 신지를 보고 사쿠라이는 순간 믿음이 흔들릴 뻔했다. 어떤 의미에서 최고의 콤비일지도 모른다. 자신이 펼쳐놓은 이야기가 시시하게 끝나지 않기 위해서라도 (아니다, 그렇게 끝이 나도 나쁠 것은 없다) 사쿠라이는 단도직입적으로 물었다.

"신지 씨 외계인이죠?"

"그게 무슨 말이에요?" 신지는 웃음을 터뜨렸다.

"숨길 것 없어요. 개념을 빼앗는 외계인. 산책하는… 침략자. 맞죠?"

얼굴 근육이 제자리를 찾는 것처럼, 신지의 얼굴이

묘하게 바뀌고 있었다. 티가 확 나는 반응이었다. "나루미?"

"나 아니야. 나 의심하지 마."

"미안."

이럴 줄 알았다. 역시 맞았다. 사쿠라이는 신지에게 도전적인 미소를 건넸다.

"혹시 다른 두 명을 아는 거예요?"

"아니요."

"당신 설마 가이드?"

모른 척하는 사쿠라이에게 흘긋 시선을 던진 나루미는 "그런가 봐"라고 대신 대꾸했다.

"저기요!" 사쿠라이가 일어섰다.

"그렇구나. 어디 있는지 가르쳐주면 안 돼요?"

"안 돼요." 사쿠라이는 불끈 맞받아친 뒤, 툇마루로 걸어갔다. 마당을 보며 머리를 세게 긁었다. 다시 생각해도 이건 완전히 미친 짓이다.

"뭐, 됐어요. 당분간은 이 생활을 즐기고 싶으니까. 그치?"

신지는 그렇게 말하며 나루미를 보고 웃었지만, 나루미는 아무런 대답도 하지 않았다.

흔들림 없는 신지를 보고 사쿠라이도 냉정을 되찾았다. 아마노와 아키라에 비해 신지는 말이 더 잘 통할 것 같았다. 시간을 들여 '그들'의 계획을 물어봐야겠다고 다짐했다.

"자기, 신지 맞지?"

사쿠라이에게 보인 신지의 진지한 모습은 나루미를 불안하게 만들었다. "그럼." 신지의 대답이 어쩐지 사과하는 느낌을 풍겼다. 툇마루에 서서 둘을 등진 채로 대화를 듣고 있던 사쿠라이가 "외계인이라니까요"라며 무신경하게 응수했다.

"그럼 어쩔 건데요?"

명백하게 적대감을 품은 신지의 말투에 사쿠라이는 순간 기가 눌렸다. 신지는 일어나 말을 이었다. "외계인이라고 해봤자 아무도 안 믿잖아요. 우리한테는 아주 고마운 단어죠. 당신처럼 외계인이라는 말을 그렇게 진지하게 쓰는 사람은 별로 없어요. 아, 그럼 칭찬해드려야 되나?"

"…이제야 외계인 같네요."

"그래요? 그거 잘됐네요."

두 사람은 그러면서 웃는 얼굴로 서로를 마주 봤다.

"당신은 어른이라 다행이에요. 궁금한 게 많아요. 나머지 둘이 어디 있는지는 나중에 알려드릴게요. 저도 가이드니까, 앞으로 계획이 뭔지 물어봐도 되죠?"

사쿠라이의 말에 신지는 마치 서양 사람처럼 어깨를 움츠렸다. 사쿠라이는 거기에 미소로 답하며, 손목시계를 확인했다. "잠깐 화장실 좀 써도 될까요?" 괜찮다, 아직 시간은 많다.

옛날 생각이 절로 나는 미닫이문을 열고 들어가자, 외관과는 어울리지 않게 신형 변기가 있었다. 눈 닿는 위치에 달아놓은 수납장에 두루마리 휴지와 피규어 몇 개가 나란히 놓여 있었다. 피규어 중에 영화 〈토이 스토리〉에 나오는 눈이 세 개 달린 외계인이 있는 것을 보고 사쿠라이는 절로 코웃음이 났다.

"자, 그럼 지구의 미래에 대해 물어보러 갈까?"

18

사쿠라이가 자리를 비우자마자 나루미는 작은 가방 안에 지갑, 파우치, 선글라스, 읽다 만 문고판 책을 아무렇게나 쓸어 담으며 신지에게 말했다. "도망치자. 일이 복잡해졌어. 신짱, 열쇠."

신지는 순간 망설였지만, "찬성"이라고 대꾸하며 장식장 위에 있던 자동차 열쇠를 집어 들었다.

운동화에 발을 넣자 옆에 낡은 흰색 캔버스 운동화가 놓여 있는 것이 눈에 들어왔다. 사쿠라이의 신발이었다. 나루미는 신발을 들고 나가 옆집 마당으로 던졌다.

"깜짝 놀랐지."

나루미는 백미러를 주시하며 입을 열었다.

"응. 그런데 그 사람한테 동료들이 어디 있는지 물어봐야 돼."

"동료들이라니? 누구?"

"글쎄. 아직 못 만나봐서 모르겠네."

동료라면 사람이 아니겠구나. 관심 없다는 식으로 대답한 다음 나루미는 목적지도 정하지 않은 채 운전을 시작했다.

사쿠라이의 명함을 받아두었으니 언제든 연락할 수 있다. 제삼자의 등장으로 나루미도 이제는 자기 남편이 외계인이라는 사실을 마냥 외면할 수도 없게 되었다. 사쿠라이와 더 진지하게 이야기를 나눠야 했을지도 모른다. 하지만 지금은 우선 신지와 둘이서 이야기하고 싶었다. 앞으로 어떻게 할지에 대해서.

앞으로.

"있잖아, 신짱. 아까 '당분간'이라고 했잖아. 당분간 이 생활을 즐긴다고. 그게 무슨 뜻이야?"

인격이 바뀌었어도 외모도 목소리도 행동도 다 신지 그대로였다. 처음 만났을 때의 그리운 추억이나 지겹게 싸웠던 기억도 전부 남아 있다. 아무리 외계인이라고 해도 나루미의 눈앞에 있는 남자는 신지 말고 그 누구도 아니었다. 사쿠라이의 말대로 외계인이 신지를 조종하고 있는 거라면, 지난 2주 동안의 신지는 대체 뭐였을까? 남편인 척한 것뿐일까?

나루미는 신지 안에 있는 외계인이 자신이 울고 웃는 모습을 보고 비웃었을 거란 생각이 들자 살짝 울화가 치밀었다. 하지만 외계인이 무슨 생각을 하든 알바 아니다. 나도 네가 좋다는 말마저 외계인의 장난이었다면 그야 물론 김새겠지만, 나루미가 느끼기에 그말은 신지의 언어였다. 지구를 침략할 외계인이 사랑을 속삭이는 서비스 정신까지 갖추었다면 그거야말로 웃기는 노릇이고, 아내 비위 맞추기가 지구 침략에 보탬이 된다면 그건 정말 웃기지도 않을 일이다.

외계인이지만 신지, 신지이지만 외계인.

남편은 자기가 외계인이라고 했지만, 가세 신지라는 사실을 부인하지 않았다. "좋아한다"라고 말한 사람은 분명 신지일 거라는 생각은 낙관적인 관측에 불과할까? 신지 안에 외계인이 들어가 있는 것이 아니다. 단지 스위치가 바뀌었을 뿐이다. 나루미는 그렇게 생각했다.

어제 신지는 자기가 신지의 또 다른 가능성이라고
했다. 2주 전까지 두 사람의 관계는 나락에 떨어져 있
었다. 어디서부터 단추를 잘못 끼웠는지 모르겠지만,
지금 같은 관계를 만들 수도 있었던 것이다. 나루미
는 "신지는 이럴 수도 있었던 거야"라는 말을 곱씹어
봤다. 그 말이 자기를 탓하는 것처럼 들리기도 했다.
내가 아무것도 하지 않아서 그렇게 되었던 걸까?

　남편의 바람기는 아내 하기 나름이라는 당치않은
말을 받아들일 생각은 없지만, 어쨌든 만약에 자신이
무언가 행동을 했다면 달라졌을 가능성이 있었다는
말이다. 그러니까 이대로 있어달라고 말만 하고 가만
히 앉아 있으면 아무것도 안 된다. 외계인인 남편과
앞으로 어떻게 살아가야 할까, 정신을 차리고 생각해
야만 한다. 앞으로.

　나루미는 신지가 입을 열기를 기다렸다.

　"어느 정도 일은 마무리 짓고 끝내야지. 게다가 이
렇게 될 줄은 몰랐으니까. 이대로 계속 일을 하면 안
될 거 아냐."

　"끝? 끝내다니, 무슨 말이야?"

　앞으로에 대한 이야기를 하고 싶었는데, 끝?

"끝낸다는 건, 쉽게 말해서 내 세계로 다시 돌아간다는 의미야."

핸들을 붙잡고 있던 나루미의 눈앞에서 신지의 둘째손가락이 하늘을 가리켰다.

"잠깐만. 뭐야, 당신 신지라며? 그럼 신지는 어떻게 돼?"

"끝나."

"아니, 잠깐만. 원래 신지로 되돌아가는 거 아니야?"

"내가 말했잖아, 지금 여기 있는 게 나야. 마음과 몸은 따로 떨어져 있는 게 아니야."

외계인이 된 신지가 어디로 돌아간다는 것인지 알수 없었지만, 분명 인간이 살 수 있는 곳은 아닐 것이다. '돌아간다'는 행위가 무엇을 의미하는지 나루미도 상상할 수 있었다.

"뭐라는 거야." 나루미는 응석 부리듯 입을 삐죽거렸다.

'그'는 아마노와 아키라처럼 금붕어에서 가세 신지로 옮겨오면서, 금붕어의 생명 활동이 정지되는 것을 똑똑히 봤다.

"금붕어로 확인했어."

"하지 마." 듣고 싶지 않았다.

"활동이 멈춰. 문화적인 언어로 바꿔 말하면, 죽어."

완만한 내리막길을 따라가자 기찻길 건널목에서 경보음이 울리기 시작했다. 나루미는 브레이크를 밟고 건널목 차단기가 차 바로 앞까지 내려오는 것을 보았다. 깡깡깡깡 하고 미세하게 엇나간 경보기의 음정이 불안감을 부추겼다. 건널목에서 보는 기차는 플랫폼에서 보는 친숙한 모습과 전혀 달랐다. 맹렬하게 속도를 내는 그 폭력적인 쇳덩어리는 모든 것을 때려 눕히고 달려 나가는 죽음의 상징처럼 보였다. 차단기 버팀목에 설치된 전광판에서 오른쪽에 이어 왼쪽 화살표도 깜빡이고 있었다. 그때 경보음이 까깡깡 까깡깡으로 변하며 나루미를 더욱 초조하게 만들었다. 화물차 컨테이너가 접근조차 허락하지 않는 거대한 벽처럼 눈앞을 가로질러 갔다.

경차의 작은 의자에 꼭 맞게 앉아 있던 나루미는 그저 멍청히 앞만 보고 있을 수밖에 없었다. 갑자기 오른쪽 창문에서 똑똑 노크 소리가 들렸다. 창문이 막아주고는 있었지만, 바로 앞까지 들이닥친 얼굴을 보고 나루미는 당황하지 않을 수 없었다. 사쿠라이었다.

바로 뒤에 사쿠라이의 차가 따라오고 있었다는 사실을 전혀 모르고 있었다. 나루미는 창문을 내렸다. 사쿠라이는 기차의 굉음에 지지 않으려는 듯, 큰 소리로 외쳤다.

"가세 나루미 씨, 제발요! 둘만의 문제가 아니란 말이에요! 우리가, 아니 우리밖에 없어요, 이 마을에서 일어나는 일의 진상을 아는 사람은. 신지 씨! 제발 부탁이에요, 이야기 좀 해요. 외계인이라니, 그게 도대체 무슨 말인지 설명 좀 해봐요!"

기차가 지나가자 그의 마지막 말이 민망하게 허공을 울렸다. 사쿠라이는 혀를 차며 나루미와 신지를 붙잡아두었던 건널목으로 시선을 옮겼다. 그러고 나서 눈에 보이는 광경에 침을 삼켰다.

건널목 건너편에서 아이스크림을 손에 들고 아마노와 아키라가 서 있었다. 아마노는 곧바로 사쿠라이를 발견하고 손을 흔들었다.

"여기야, 여기! 지금 거기서 뭐하는 거야!"

사쿠라이는 아마노가 부르는 소리에 대꾸도 않고, 나루미의 차 뒷좌석에 올라탔다.

"나루미 씨, 절대로 멈추지 말고 차단기가 올라가면 전속력으로 달리세요."

사쿠라이의 말이 끝나기도 전에 경보음이 잠잠해졌고, 차단기가 서서히 올라가기 시작했다.

"그런데." 나루미는 뒷좌석으로 몸을 틀었다.

"빨리요."

차단기가 수직으로 섰다. 자동차는 평소대로 천천히 달리기 시작했다. 머뭇거리는 나루미를 향해 사쿠라이가 소리를 질렀다. "더 빨리!"

나루미는 자기도 모르게 오른발에 힘을 줬다. 엔진이 웅 소리를 내며 회전수를 높였고, 그 덕분에 세 사람의 등이 의자에 밀착되었다.

수박을 조각낸 모양의 아이스크림을 들고 있던 아마노와 아키라가 자동차 앞 유리에서 왼쪽으로 지나갔다. 마음이 급한 사쿠라이에게 그 모습은 마치 슬로 모션처럼 보였다. 아마노는 나루미의 차에 시선을 고정한 채 아이스크림을 떨어뜨렸다. 아스팔트에 떨어진 아이스크림이 서서히 녹기 시작했다. 그 모습을 신기하게 쳐다보던 아키라를, 아마노가 있는 힘껏 차도로 밀었다.

쿵 하는 둔탁한 소리와 함께, 아키라의 몸이 자동차 보닛 위로 올라왔다. 경자동차의 좁은 보닛을 순식간에 지나친 아키라의 머리가 앞 유리에 세게 부딪혔다. 쾅 하고 생생한 소리가 났다.

파랗게 질린 나루미가 급브레이크를 밟자, 아키라의 몸은 버려진 인형처럼 앞으로 나가떨어졌다. 앞유리에 생긴 가는 금 틈에 검은색 머리카락과 뜯겨진 두피가 붙어 있었다. 와이퍼 위에 얹어진 아이스크림은 벌써 녹기 시작했다. 충격에 넋이 나간 나루미는 핸들을 잡은 채로 몸이 굳었다.

아마노는 천천히 아키라에게 다가갔다. 왼쪽 다리는 무릎부터 완전히 옆으로 틀어졌고, 측두엽 쪽 귀 언저리도 함몰되었다. 아스팔트를 잠식하려는 듯 느릿느릿 피가 퍼지고 있었다. 외계인의 피는 고급 융단처럼 선명하게 빨간색이었다.

부자연스러운 자세로 쓰러져 있는 아키라가 자기를 내려다보는 아마노를 향해 "너무한 거 아니야?"라며 충혈된 눈을 흘겼다.

"어때? 아파?"

"아프지는 않은데, 몸이 안 움직여."

"어떡하냐, 그럼." 아마노는 자신의 신발 쪽으로 흐르는 피를 피하며 말했다. "안 되겠다, 너 먼저 가라. 여기서 이러고 있다가 몸이랑 같이 저세상 가겠어."

"뭐야, 이게. 이제 막 뭐 좀 해보려고 했는데. 근데 남은 한 명은 어쩔 거야?"

"그건 괜찮아, 저기 있어."

그때 아마노의 등 뒤로 자동차 문이 닫히는 소리가 났다. 사쿠라이와 신지가 밖으로 나온 것이다. 신지는 아마노와 눈을 마주치더니 공손히 인사를 했다.

"수고." 아마노가 인사를 받았다.

사고를 목격한 반대 차선의 차량 운전자와 길을 지나던 사람들이 발걸음을 멈췄다. 뒤늦게 알아차린 구경꾼들도 속속 모여들고 있었다. 사쿠라이가 건널목 앞에 세워둔 자동차가 뒤차들의 경로를 막아 경적 세례를 받고 있었다. 졸지에 주변이 소란스러워졌다. 옆에서는 구급차를 불렀냐는 소리도 들렸지만, 사쿠라이는 지금 그게 문제가 아니었다.

"수확은?" 아마노가 신지에게 물었다.

"듬뿍 했죠."

신지의 대답에 다 죽어가던 아키라가 씩씩하게 "우

와, 정말? 뭔데? 말해봐"라고 했다. 그녀의 웃는 얼굴은 피투성이였다.

"애가 진짜 골 때려. 너랑 합쳤으면 완벽했을 텐데. 요즘은 다 겹치는 것뿐이라."

아마노가 발로 아키라를 쿡쿡 찌르자, 가까이에 있던 중년 여성의 안색이 바뀌더니 고함을 질렀다. 아마노는 신경도 쓰지 않고 "그럼, 우리 쌓인 거 이야기하러 가자"라며 말을 이었다.

"신짱."

신지가 돌아보니, 얼굴이 하얗게 된 나루미가 서 있었다. "나 어떡해."

"누구야?" 아마노가 물었다.

"내 가이드예요."

"그래? 그럼 같이 가자."

신지와 아마노의 나이 차이가 외계인에게는 아무런 상관이 없겠지만, 말투를 보아 하니 위아래가 바뀐 것처럼 보여 묘한 인상을 풍겼다.

교통사고를 내고 피해자를 학대하기까지 하는 모습에 화가 치밀어 오른 구경꾼들이 현장을 통제하려 하고 있었다. 경찰도 구급차도 아직 오지 않았다. 경찰이 오기 전에 이곳을 정리해야 했다. 사쿠라이에게 떠오른 방법은 도망치는 것밖에 없었다. 자신을 포함해서, 나루미와 신지가 잡혀 들어가는 것은 막고 싶었다.

"왜 이래, 저리 비켜!"

자초지종을 들어야겠다고 나선 정장 차림의 남자가 아마노와 다투고 있었다. "사쿠라이 씨, 가이드가 뭐 하는 거야. 좀 도와줘!"

깡깡깡 다시 울리기 시작하는 건널목 경보음이 혼란을 더욱 가중했다.

"이 학생 놔주셔도 괜찮습니다. 제가 보호자입니다. 죄송합니다."

사쿠라이의 말을 듣고 정장 차림의 남자가 불만 가득한 얼굴로 손에 힘을 뺐다. 아마노는 겹쳐 입은 티셔츠의 옷매무새를 가다듬었다. 사쿠라이는 천진한 표정으로 다가오는 아마노의 얼굴 뒤로, 무언가 크고 시커먼 덩어리가 보인 것 같은 기분이 들었다.

"아마노. 나 가이드 그만둬도 될까?"

아마노는 걸음을 멈췄다. "왜?"

"처음에는 그냥 네가 재밌었어. 단순히 망상 장애라고 생각했거든. 그런데 지금은 아니야, 너희들한테 어떤 말도 함부로 부여해서는 안 될 것 같아."

"외계인이라고 해둬, 그냥."

"외계인이 세상에 어디 있어!"

있어서는 안 된다.

"있는데?" 아마노는 양팔을 들어 보였다.

"예를 들어, 이젠 전쟁 이야기를 함부로 꺼낼 수 없게 됐어. 똑같이, 외계인이 눈앞에 나타났는데 그걸 이야깃거리로 만들 수는 없어. 나루미 씨, 난 이상하게 너무 무서워요."

기차가 일으킨 바람이 땀에 젖은 사쿠라이의 이마를 어루만졌다. 주변에 있는 구경꾼들이 심각한 얼굴로 "외계인" 이야기를 꺼낸 다 큰 어른을 기이한 눈으로 보고 있었다. 신발도 없이 양말 바람으로 서 있는 사쿠라이는 어딘가 정신 나간 사람처럼 보였다.

"진심이야, 사쿠라이 씨?"

"고민해봤는데, 진심이야."

배신자를 처벌하겠다고 나올 줄 알았는데, 아마노는 의외로 주눅 든 어린애처럼 "이제 와서 뭐야"라고 혼잣말을 중얼거렸다. 그런 반응에 사쿠라이의 입에서 저절로 "미안해"라는 말이 튀어나왔다. 의식한 적도 없던 묘한 친밀감이 사쿠라이를 엄습해왔다. (그렇구나, 이 "외계인"들도 인간이다.) 자신의 모순된 감정에 사쿠라이는 나루미가 한 말을 조금이나마 이해할 수 있을 것 같았다.

"뭐 됐어. 이제 곧 끝나니까." 하지만 아마노는 곧 태도를 바꾸고 마음을 달리 먹은 듯 적대감을 드러냈다. 순간 당황했지만, 사쿠라이는 각오를 다지며 양말만 신은 두 다리에 잔뜩 힘을 줬다.

"아마노, 이제 와서 몰래카메라였다고 하면 안 돼. 쪽팔리니까. 나루미 씨, 저 미친 거 아니에요. 그러니까 웃지 말고 들어주세요. 여기서 아무도 진심으로 나서지 않으면 진실은 밝혀지지 않아요. 한 번만 정신 차려보자고요."

사쿠라이는 나루미를 향해, 마치 자신에게 말하듯 목소리를 높였다. 그의 진지함에 구경꾼들도 숨죽여 그를 지켜봤다.

"아마노. 오래전부터 묻고 싶었는데, 대답해줘."

사쿠라이는 크게 숨을 들이마시고 목소리를 쥐어 짰다.

"야, 외계인! 니들 목적이 뭐야? 지구 침략은 절대

안 돼."

시골 마을에 울려 퍼지는 그의 말은 터무니없이 저급했고, 구경꾼들이 실소를 터뜨렸다. "웃을 때가 아니라고!" 자기만 바보 된 상황이라는 것을 잘 알고 있었다. "외계인이 공격한다고! 지금 전쟁할 때가 아니야!" 사쿠라이는 악에 받쳐 소리를 질렀다.

건너편에 줄줄이 막힌 차들의 경적 소리 사이로, 구급차 소리가 들렸다. 허탈함에 털썩 주저앉은 사쿠라이에게 아마노가 칭찬을 건넸다.

"잘도 간파했군."

사쿠라이에게 맞춰주기라도 하듯, 아마노가 허리를 낮추고 두 팔을 들어 장난처럼 외계인을 연기했다. "우리는 지구를 침략하러 왔다."

아마노는 이미 의식을 잃은 아키라의 손을 들었다. 근처에 있던 사람들이 아마노를 제압했다. 금방 싸움이 되고 고함이 오고 갔다. 아마노는 사쿠라이에게 눈을 떼지 않고 누구보다도 큰 소리로 떠들어댔다.

"다시 한번 말한다. 우리는 지구를 침략하러 왔다. 니들은 우리 발끝도 못 따라와. 전쟁 나면 아마 3분도 못 버틸걸? 잘 가, 인류야! 울트라맨은 차가 막혀서 늦는댄다!"

아마노는 차가운 목소리로 웃다가 금방 싫증 난 얼굴로 돌아갔다. "왜, 재미없어?"

무대 위의 누구도 입을 열지 않았고, 구경꾼들은 넋이 나가 입을 벌리고 있었다. 나루미는 어딘가 구석에서 카메라 감독이 "오케이, 컷!"이라고 외칠 것만 같았다.

사쿠라이는 천천히 일어서서 아마노 앞에 섰다.

"아마노, 말 좀 해봐. 도대체 뭐가 진짜야!"

"그래, 제대로 한번 정신 차려봐. 쪽팔릴 게 뭐 있어. 니들 너무 평화로워."

바로 앞까지 온 구급차에서 길을 비켜달라는 소리가 스피커를 통해 흘러나왔다. 구경꾼들이 흩어지기 시작하자, 사쿠라이가 신지의 팔을 잡아끌며 나루미에게 귓속말을 건넸다.

"나루미 씨, 차로 가요. 빨리 타요."

사쿠라이는 그대로 신지를 뒷좌석에 구겨 넣고, 자기가 운전석에 올라탔다. 나루미가 타는 것까지 확인하고 천천히 달리기 시작했다. 가해자 차량이 도망치는 모습을 보고 구경꾼들의 목소리가 커지자, 사쿠라

이는 액셀을 밟았다. 차가 쿨렁 흔들렸다. 사람들이
방해가 되어 아키라를 완벽하게 피해갈 수는 없었다.
그만 무릎 아래쪽을 치고 말았다.

"사쿠라이 씨!"

아마노의 마지막 외침이 부모에게 버림받은 아이
처럼 사쿠라이의 귓가에 달라붙었다.

차가 사고 현장을 무사히 빠져나왔고, 사쿠라이는
백미러로 뒷좌석에 앉은 두 사람을 봤다. 나루미는
지친 모습으로 축 늘어져 있었다.

"일단 현을 벗어나는 게 좋겠어요. 아까 사고는 제
가 한 걸로 해도 돼요."

나루미는 아무 말도 하지 않았다.

"신지 씨, 왜 도망 안 갔어요? 아까 그 학생이 신지
씨 동료잖아요."

"별로 도망칠 필요는 없으니까요."

신지는 그렇게 말하고 나루미의 손을 잡았다.

황당할 정도로 수많은 목격자가 생기고 말았지만,
경찰이 움직이기 전에 되도록 많이 거리를 벌려두고
싶었다. 차도 바꾸는 게 좋겠다. 많은 일이 한꺼번에
닥쳐서 사쿠라이는 무슨 일부터 손을 대야 할지 몰

랐다.

　미성년자 납치에 이번에는 뺑소니라니, 일단 도망
치고 볼 일이다. 생각할 시간이 필요했다.

19

나루미는 어렸을 적 아스미나 엄마와 싸우고 나면
픽 토라져서 이불 속으로 들어가곤 했다. 그래도 다음
날 아침에 일어나면 아무 일도 없었다는 듯이 아침 인
사를 건넬 수 있었다. '어제는 왜 그랬지?'라고 넘길
수 있었다. 잠자리에서는 반격할 만한 말을 고르고 골
라 완전 무장을 했었는데, 밤사이 완벽한 평화주의자
가 되는 것이다. 살짝 부어오른 눈두덩만 못난이처럼
거울에 비쳤다. 자고 일어나면 씩씩해지는 덕분에 그
동안 얼마나 많은 위기를 극복해왔을까? 하지만 너무
단순한 성격 같다는, 이상한 불만도 가지고 있었다.
　사쿠라이가 운전하는 차 안에서 눈을 뜬 나루미는

오래전 기억을 떠올리고 있었다. 창밖이 어두워진 것을 보고 상체를 일으켜 차에 있는 시계를 보자 벌써 저녁 8시였다. 어디까지 왔을까? 옆에서 자고 있는 신지가 손을 잡고 있었기 때문에, 나루미는 살포시 몸을 기대어 다시 의자 깊숙이 체중을 실었다.

"기분은 좀 어떠세요?" 사쿠라이가 힐끗 백미러를 봤다.

"좋을 리가 없죠."

나루미는 앞 유리에 붙어 있던 검은 머리카락이 떠올라 소름이 돋았다. 유리에 금이 간 것은 여전했지만, 어느새 말끔히 치워져 있었다.

"그 여자애는 외계인이에요. 살인 아니에요."

"어떻게 눈 하나 깜빡 안 하고 그런 말이 술술 나와요? 거기다 여기도 한 명 있잖아요."

"하하. 맞아요. 그런데 신지 씨는 외계인이기 이전에 나루미 씨 남편이죠. 주무시는 동안 이야기를 조금 나눴어요. 역시 다른 두 명이랑은 다르더군요. 아주 잘 길들이셨던데요?"

"반려동물도 아니고."

말은 그렇게 했지만 나루미는 조금 기뻤다. 동시에

그 여자아이가 죽었을까도 생각했다.

꾸물꾸물 신지가 눈을 떴다. "응? 꽤 잔 것 같네. 아, 배고파."

나루미가 백미러를 보자 사쿠라이와 눈이 마주쳤다. 못 말리겠다는 표정으로 두 사람이 웃었다.

"편의점이라도 들를까요?"

말이 끝나기도 전에 사쿠라이가 왼쪽으로 급하게 핸들을 꺾었다. 나루미와 신지의 몸이 원심력 때문에 오른쪽으로 쏠렸다. "뭐예요?" 나루미는 팔꿈치로 몸을 지탱하며 물었다.

"검문이에요. 죄송해요. 현을 빠져나온 데다 아직 여기까지 경찰이 움직이지는 않았을 테니까 괜찮을 것 같기는 한데, 혹시 모르니까요. 차 앞을 보면 사고 흔적이 있으니까 분명히 수상하게 여길 거예요."

"어디까지 갈 생각이에요?"

"멀긴 한데, 믿을 만한 친구가 있어요. 거기."

우리는 결국 어떻게 될까? 나루미는 문 쪽으로 몸을 기대어 약간 멀리서 신지를 봤다. 오렌지색 가로등이 신지의 옆모습을 규칙적으로 훑고 지나갔다. 아주 오래전에 본 경치처럼 어딘가 그리운 느낌이 났다. 최고로 즐거운 순간, 바로 눈앞에 그 광경이 보이는데도 꼭 추억처럼 느껴질 때가 있다. 이유는 모르겠지만 지금도 그런 느낌이 났다. 하나도 즐겁지는 않지만.

차가 주유소로 들어갔고 사쿠라이는 능숙하게 할 일을 마쳤다. 나루미는 셀프 주유를 늘 어려워했기 때문에 그 모습이 감동적이기까지 했다. 편의점이 있는 대형 주유소는 늦은 시간에도 장사가 꽤 잘되었다. 대낮처럼 밝은 조명 아래 사람들이 북적이며 오가고 있었다. 나루미는 그런 사람들의 시선이 무서웠다. 자신은 뺑소니 사고의 범인이고 옆에 있는 남편은 외계인이다. 이 자동차가 마치 창살 달린 우리이고, 그 안에 있는 자신은 길을 지나는 사람들에게 구경거리가 된 것 같았다.

사쿠라이는 여전히 감시와 먹이를 담당하는 역할로, 편의점 봉지 안에 도시락을 차곡차곡 넣어서 돌아왔다. "갈까요?"

고요한 차 안에 타이어 마찰음만 땅울림처럼 울리고 있었다. 세 사람은 각자 창문으로 어둠을 바라보며, 앞으로의 일을 그려보고 있었다. 위장에 채워넣은 편의점 도시락이 사쿠라이의 눈꺼풀을 무겁게 눌렀다. 정말이지 오늘은 긴 하루였다.

"이제 제가 운전할까요?"

사쿠라이가 입을 다물고 있자 "도망 안 가요"라고 나루미는 덧붙였다.

"아니에요, 그럼 저 근처에서 눈 좀 붙일까요?"

사쿠라이는 산기슭에 있는 러브호텔의 네온 간판을 가리켰다. 그리고 "오해하지는 마세요. 들킬 염려도 없고, 싸잖아요. 잠만 자자고요"라고 말하며 웃었다.

일부러 1990년대에 유행했던 성 모양 러브호텔을 골랐다. "아직도 이런 데가 있구나"라며 사쿠라이는 해초 모양으로 축 늘어뜨린 출입구 가림막을 향해 핸들을 꺾었다.

사쿠라이는 방의 선택권을 나루미에게 넘겼다. 나루미는 빈 방 세 개 중에 제일 싼 방을 골랐다. 아마도 방값을 사쿠라이가 낼 것 같았기 때문에 배려해줬다.

그런데 접수대 안에 있던 중년 여성이 열쇠를 건네다 말고 한 방에 세 명이 투숙하는 것은 안 된다고 잘라 말했다. 사쿠라이는 반항해보려 했지만, 말도 못

붙이게 했다. 협상할 기력도 없던 사쿠라이는 혼자 차에서 자기로 했다. 나루미가 "제가 차에서 잘게요"라고 했지만 남자 둘이서 러브호텔에 들어가는 것은 조금 그랬다. 그것도 상대가 외계인이라니.

둘을 어슴푸레한 로비에 남겨두고, 사쿠라이는 주차장으로 돌아갔다. 차 옆에서 담배에 불을 붙이고 갓길을 따라 걷기 시작했다. 작은 자갈이 밟히고 나서야 신발을 신지 않았다는 것을 깨달았다. 주유소에서도 편의점에서도 이 차림으로 다녔던 것일까? "얼마나 정신이 없었던 거야?"라고 중얼거리며 그는 허수아비처럼 한쪽 다리를 들었다.

양말만 신은 채 액셀을 밟았을 때의 위화감은 잘 기억하고 있었다. 뭐든 적응이 빠르군. 사쿠라이는 곰곰이 생각에 잠겼다. "언제부터 내가 지구를 이렇게까지 생각하게 됐을까?" 이러면서 땅에 담배꽁초를 버린다. 그걸 또 발로 밟을 뻔했다. 신발은 대체 어디로 갔을까?

휴대폰 착신음이 울렸다. 외계인 자료를 보낸 친구에게서 온 메일이었다. "수고가 많다. 너 논픽션 쪽 아니었어? 아무튼 그건 됐고. 진위는 나중에 알아보는 걸로 하고, 일단 재밌었어. 도쿄에 언제 올 거야? 자세한 이야기가 듣고 싶어."

사쿠라이는, 사라진 신발이 빌딩 옥상 난간에 나란히 놓여 있는 상상을 해봤다. 옥상에서 뛰어내린 사람처럼 현실에 남은 것은 신발뿐이고, 자신은 허구의 세계 속으로 뛰어든 것만 같았다. 처음 신지와 만났을 때, 그도 맨발이었다는 사실이 떠올랐다.

"니들 너무 평화로워"라고 아마노가 말했었다. 만약 그 말이 외계인 침략자가 가이드에게 사례로 준 진심 어린 충고라면, 적어도 아직은 신발을 신을 때가 아니다. 멍청히 있다가 터져버리고 만 전쟁과 마찬가지로, 외계인한테 지배당하게 생겼는데 '국민의 뜻에 따라' 어쩌고 소리를 들으면 못 견딜 것 같았다. 맨발의 혁명이 일어날 때까지 외계인이 기다려줄까?

사쿠라이는 차 안으로 들어가 좌석을 눕혔다. 자려고 했지만 눈이 또렷해 라디오를 틀었다. 뉴스 속보가 나오며 마침 뺑소니 사고와 용의자에 대해 떠들어댔다. 진행자 말로는 용의자가 도망가기 전에 현장에서 알 수 없는 말을 외쳤다고 했다. 사쿠라이는 혼자서 소리 내서 웃었다. "아주 중요한 이야기를 했는데,

난." 국민의 뜻을 수렴하기는 어려워 보였다.

이어서 진행자가 전쟁 소식을 짧게 전했다. 사쿠라이는 라디오를 껐다. 차 안이 금세 푹푹 찌기 시작했다. 창문을 열자 예상한 대로 모기가 들어왔다. 전혀 잠이 오지 않았다.

내일이 되면 메일을 준 친구에게 연락해야 했다.

"의논할 일이 있어. 우리 같이 지구를 구할 방법을 고민해보지 않을래?"

신발을 벗어던진 사쿠라이는 픽션 속으로 뛰어들었다.

─자신이 가진 힘이라고는 귓가를 날아다니는 모기처럼 작은 것에 불과할지도 모르지만, 그럼에도 할 수 있는 일이 있을 것이다. 외계인의 본대는 언제 지구로 올까? 다음 주? 1년 후? 어쩌면 본대가 오지 않을 수도 있나? 이번에 온 세 명은 단순히 조사차, 어쩌면 셋 다 초등학생이라서 여름방학 숙제로 지구를 찾은 것일지도 몰랐다. 애들 과제가 '지구 고유의 개념 수집'일 수도 있을까? 진짜면 재밌겠다.

외계인이 작당하고 오는 일이 현실에서 일어나지 않으면 좋겠지만, 어쨌든 준비는 해야 했다. 전쟁 같은 걸 하고 있을 때가 아니다. 외계인의 습격에 대비해 지구 전체가 단결해야 한다. 이러고 보니 완벽하게 픽션 같은데? 하지만 일본의 총리가 전투기를 타고 출격해 공을 세울 가능성은 없어 보였다.

"제대로 정신 한번 차려봐." 다시 한번 아마노의 음성이 들렸다. "쪽팔릴 게 뭐 있어."

그렇다. 돈키호테가 되겠다고 결심했었다. 얼렁뚱땅 넘어갈 수 없다. 진지하게 생각해야 한다. 어떻게 하면 침략을 막을 수 있는지.

금연이라고 나루미가 분명히 일렀음에도 불구하고, 사쿠라이는 담배를 피우고 있었다. 머리를 싸매고 엉뚱한 생각을 하고 있었더니 툭 하고 재가 떨어졌다.

"아!"

(재밌는 게 떠올랐다. 지구가 하나가 될 방법이다. 외계인에게, 전쟁의 원인이 될 만한 개념을 빼앗아 달라고 하면 되지 않을까? 많은 사람 앞에서 연설을 하는 거다. 아니, 텔레비전이나 라디오, 인터넷으로 개념을 빼앗을 수는 없을까? 국가, 재산, 인종, 종교? 어쩌면 아예 단결도 못 하게 되어버릴까? 어떻게 될지는 모르겠지만, 가만 앉아서 침략당하는 것보다는 낫다. 지금 하는 전쟁도 외계인의 눈으로 보면 집안싸움이다. 그

런 다툼은 이제 적당히 좀 했으면 싶다. 과연 신지 씨가 해줄까? 이게 가능하다면 일이 재밌어질 것 같다.

…아니다, 아무리 인간처럼 보여도 가세 신지는 저쪽 편, 즉 외계인이다. 침략을 막는 행위를 도와줄 리가 없다. 하지만 적어도 외계인의 존재를 증명해준다면, 이야기가 달라질 것이다.)

사쿠라이는 담배를 버리고 창문을 닫았다.

"더럽게 덥네."

지친 몸이 딱딱한 의자 속에 파묻히고, 그대로 깊숙이 잠기듯 사쿠라이는 잠에 빠졌다. 허공을 헤매던 모기가 보기 좋게 사쿠라이의 뺨에 올라탔다.

호텔은 덩치 큰 산의 검은 실루엣으로 둘러싸여 있었다. 주변에 민가는 없었고, 농가의 헛간만 몇 채 있을 뿐이었다. 낮은 벌레 소리가 몇 중주의 음악처럼 들렸다. 차 두 대가 호텔 앞에서 멈춰 섰다. 그 안에서 나온 남자들이 주차장으로 들어갔고, 손전등으로 차 번호판을 하나씩 살펴보기 시작했다. 이내 손전등 불빛이 모여든 곳은 나루미의 혼다 자동차였다.

갓길을 지나쳐가는 트럭의 전조등이 호텔 앞에 세워진 두 대의 자동차를 비췄다. 경찰차였다.

20

방에 들어서자 깊이 밴 담배 냄새가 코를 찔렀다.
나루미는 얼굴을 찌푸렸다.

신지는 커다란 침대에 걸터앉아 그대로 몸을 눕혔
다.

"신발 벗어."

나루미는 베개 위에 있는 조명 조절 스위치에 손
을 뻗었다. 어두침침한 조명이 마음에 안 들었다. 하
지만 전등 전부를 최고로 밝혀도 방은 여전히 어두웠
다. 실내가 낡았다는 사실을 감춰주기는커녕, 침울한
분위기만 조성하고 있었다.

"먼저 샤워해도 돼?"

집에 있을 때도 똑같은 말을 했지만, 장소가 달라지니 느낌도 달라졌다. 나루미는 다시 고쳐 말할까 싶었지만, 귀찮아서 그만두었다. 여기서 사랑을 나눌 생각은 없었다.

뻣뻣한 타월감으로 만든 가운을 입은 나루미와 신지는 침대 위에서 텔레비전을 보고 있었다. 오래되어 색이 옅어진 화면에 딱히 보고 싶지도 않은 예능 프로그램이 나오고 있었고, 그것을 보며 신지는 이따금씩 코웃음을 쳤다. 나루미의 무릎을 베고 있던 신지가 머리를 흔들 때마다 아무렇게나 자란 수염이 허벅지를 쿡쿡 찔렀다.

"남편이 외계인이면 어디에 문의를 해야 할까요?"

"음~, 나사NASA?"

"전화해야겠다."

익살스러운 장난에 신지가 나루미를 올려다봤다. 그가 머리를 굴리자 나루미는 다리를 풀었다.

"수염이 까끌거려."

"미안해. 침략한다는 말 미리 안 해서."

"그런 고백은 더 높은 사람한테 해. 나는 그냥 평범

한 주부야." 나루미는 웃으면서 자리에 누웠다.

둘은 나란히 누워 천장을 바라보며 대화를 이어갔다.

"나 이제 곧 돌아가. 지금까지 정말 고마웠어."

"하지 마."

"아마 지구는 진짜로 침략당할 거야. 그런데 나루미가 마음에 자꾸 걸려. 걱정돼."

"그럼 신짱도 여기 남아."

"안 돼."

"그럼 내가 따라갈까?"

"그건 더 안 돼."

"그럼 뭐야, 이대로 헤어지자는 거야?"

"아니, 뭐 할 수 있는 게 없을까 싶기는 해."

"침략할 생각은 있어?"

"응, 뭐."

"뭐야, 그게."

타이밍 좋게 텔레비전 속에서 웃음꽃이 피었다. 지금 이별 이야기를 하고 있는 것 같은데, 어딘가 초점이 어긋나 있다. 아무리 그래도 이런 순간에 경박한 예능 프로그램은 어울리지 않지만, 텔레비전을 꺼버리면 숨이 막힐 것만 같았다. 어슴푸레하고 창문도 없는 이 방은 마치 감옥 같았고, 텔레비전은 유일하게 외부 세계를 연결해주는 통로 같았다. 하지만 통로 역시 이 방처럼 현실감각이 결여되어 있었다.

나루미는 천장의 얼룩을 가만히 보고 있다가 거기에서 무언가가 녹아내릴 것 같은 느낌을 받았다.

"신쨩. 신지는 대체 뭐였어?"

"그냥 한 인간이야."

"외계인이라며."

"그래도 나는 신지 위에 있어. 신지가 쌓아온 정보를 그대로 쓰고 있거든. 거기서 가동되는 나는 신지야. 그렇지 않으면 나루미가 이렇게까지 걱정되겠어?" 신지는 상체를 일으켜 자세를 고쳐 앉았다.

이제 떠나야 한다는 것을 의식하고부터 자기 안에서 일어나는 변화에 신지는 당혹해하고 있었다.

"조금씩 기억이 스며들었어. 처음엔 그냥 정보였던 것들을 내 경험으로 즐길 수 있게 됐어. 그래서 예전 이야기 하면서 진심으로 웃을 수 있었어."

"응. 그래서 난 성격이 바뀐 신지를 보면서 예전이랑 똑같은 진짜 신지라고 생각했어. 솔직히 예전의 신지보다 좋았어."

"그래, 맞아. 나도 좋아. 아니, 그거에 가까운 감정이 들어."

신지는 나루미에게 전하고 싶은 감정을 표현하려고 단어를 찾았지만, 아무리 손을 뻗어도 컴컴한 어둠이 블랙홀처럼 입을 벌리고 있었다. 감정에 단어를 이어주지 못하는 답답함이 신지를 예민하게 만들었다.

"맞다, 신짱. 사랑이라는 개념은 뺏었어?"

"아, 그거. 상당히 궁금하긴 했는데, 그것도 다들 말을 잘 안 해주더라고. 왜 그래?"

순간적으로 웃음이 터진 나루미를 신지는 신기한 듯 쳐다봤다.

"그런 거 물어보면 부끄럽지."

"왜?"

"그런 거야. 아무도 안 보는 데서만 그 개념에 대해 말할 수 있거든."

"그렇구나."

생각해보니 사랑에 대해 이런저런 토론을 벌이는 커플이라니, 그런 커플이 있다면 그게 더 무섭다. 나루미는 속으로 웃으면서 침대 위에서 신지를 마주 봤다.

"그런데 신짱은 분명히 갖고 있어, 그 감정을. 사실 말은 상관없어. 그래도 신짱은 말로 번역을 못 하겠지, 개념이 없으니까." 나루미는 그것이 마치 자기만 아는 비밀인양 으스대며 말했다.

"그런가? 그거 그렇게 중요한 거야?"

"그럼, 아까 그 애들도 이건 절대로 못 뺏었을 거야."

"정말? 그럼 가기 전에 그거 뺏어야겠다." 흥분한 신지는 자기도 모르게 자리에서 일어섰다. 침대 스프링이 나루미를 흔들었다.

"안 돼. 길에서 만나는 사람한테는 절대 못 뺏어."

나루미는 짓궂은 얼굴을 하고 가슴을 쭉 폈다.

"자기가 알아차릴 수 있게 사랑의 이미지를 떠올릴 수 있는 사람은 나밖에 없어. …나한테서 뺏어가."

그 말이 무엇을 의미하는지 나루미도 잘 알고 있었다. 하지만 나쁜 생각 같지는 않았다. 심장이 두근거리는 것이, 무서워서 그러는 건지 흥분이 돼서 그러는 건지 잘 알 수가 없었다.

"안 돼, 가이드 건 안 뺏어."

"지금 신짱한테 그거 줄 수 있는 사람은 나밖에 없어."

그것만큼은 자신 있게 말할 수 있었다.

"왜?"

"뺏고 나면 알 거야."

신지는 고개를 갸우뚱했다. 그 정도로 개인적인 개념이 있다고? 나루미의 제안은 고마웠지만, 가이드의 것을 빼앗을 생각은 없었다. "안 돼."

"괜찮대도!" 편식하는 아이를 야단치듯 나루미가 말했다. 맛있는지 맛없는지는 먹어보면 안다니까. "알았으면 좋겠어. 가기 전에 신짱이 그걸 알았으면 좋겠어."

그러지 않으면 자신은 그저 친절한 여자로밖에 기억되지 않을 것이다.

"왜?"

"그냥 그렇게 해줘. 신짱 죽는다며. 가면 죽는 거라며? 괜찮아, 일석이조야. 자기 마음도 알고, 내 마음도 알게 될 거야. 그리고 난 신짱이 없어도 슬퍼하지 않게 돼. 그런 거 맞지? 사랑이 뭔지 모르게 되는 거니까. 그게 가장 좋은 거잖아."

이 방법이 가장 후회가 남지 않는다. 나루미는 그렇게 생각했다. 멍청하게 뒷모습만 바라보는 것만큼은 하고 싶지 않았다.

"모르겠어."

농담으로 하는 이야기가 아니라는 것은 알겠지만, 신지는 나루미가 무슨 말을 하는 건지 아직은 이해가 되지 않았다.

"그냥 해줘. 준비됐어. 대화도 필요 없고, 질문도 필요 없어. 말은 아무 상관없어."

"안 돼."

"제발." 신지의 말을 잘라먹듯, 나루미는 강하게 나왔다.

낡은 더블 침대 위에 어느새 두 사람은 신혼 첫날밤 때처럼 무릎을 꿇은 자세로 서로를 마주 보고 있었다. 흑갈색 간접 조명 속에서 말을 할 때마다 흔들리는 두 사람의 그림자가 마치 파르르 떨리는 촛불 같아 보였다.

"알았어. 정말 괜찮겠어?" 신지는 단념하듯 말했다.

"응. 그거 가지고 빨리 가."

나루미는 자기 목소리가 떨리는 것이 느껴졌다. 텔레비전을 끄지도 않았는데, 아무 소리도 들리지 않았다. 어느새 예능 프로그램이 끝나고 뉴스가 나오고 있었다. 여전히 어딘가의 전쟁 이야기를 하고 있다. 신지가 여기서 무엇을 할지는 알 수 없지만, 나루미는 흐트러진 가운을 고쳐 입었다.

"알았어." 신지도 옷매무새를 가다듬었다.

뺏고 나면 알게 될 거라는 나루미의 말을 믿어보기로 했다.

사랑의 개념이 상실된다.

나는 이제 어떻게 될까?

나루미는 어느새 눈물을 흘리고 있었다. 동그란 눈물 방울이 뺨 위로 뚝뚝 떨어졌다.

"왜 그래? 나루미? 아직 안 뺏었어. 나루미?"

왜 눈물이 나는지 신지는 몰랐다. 신지는 마치 우는 아이를 보고 기겁하는 어설픈 아빠같이 굴었다.

"하하, 무서워, 너무 무섭다 이거. 아이참, 빨리 해."

억지로 미소를 지어봐도, 눈물은 멈출 줄을 몰랐다.

참 많은 것이 다 슬펐다. 신지를 잃는다는 것. 신지를 사랑했던 것. 신지와 함께했던 삶이 건조한 정보로 바뀐다는 것. 사랑이라는 감정에 어떤 말도 이어붙이지 못한다는 것.

"정말 괜찮은 거지?"

"빨리 해."

제발 부탁이니까 빨리 해. 지금 머릿속이 그걸로 가득 찼으니까.

"고마워. 그거 가져갈게."

가슴속에 쿵 하고 느껴진 그 감각은 폭발적으로 증식되었다가 순식간에 신지의 온몸을 침식했다. 그것은 신지를 가득 채우고 급기야 흘러넘쳤다. "뭐야, 이거." 생각을 할 틈도 없이 방대한 이미지가 주마등처럼 신지를 덮쳤다. 태어날 때부터의 모든 기억이 선명하게 덧칠되며 빛이 나기 시작했다. 모든 기억이 그 개념으로 인해 새로워졌다. 눈에 비치는 모든 것

이 생기를 찾아 본래의 모습으로 거듭났고, 세상이
뒤집어졌다. 그리고 신지는 자신의 감정을 이해했다.

　—나루미.

　나루미는 겁먹은 사람처럼 뒷걸음질을 쳤다. 신지
가 천천히 손을 뻗자, 나루미는 머리가 복잡해져 소
리를 질렀다.

　"아아아!"

　"끝났어! 끝났다고!"

　상실의 눈물이 슬픔의 눈물에 떠밀렸다. 신지는 몸
부림치는 나루미를 끌어안았다.

　"이제 끝났어."

　"어?"

　"끝이야. …이제 끝이야. …고마워."

　끝이라고? 나루미는 온몸의 긴장이 풀렸다.

　"어? 나 뭘 잃은 거지?"

　"사랑."

　"알아, 그건."

　"넌 단어만 알고 있는 거야. 이제 알았어. 너한테
가장 소중한 걸 빼앗았어."

되돌릴 수 없는 짓을 해버렸다는 것을 지금의 신지
는 잘 알고 있다.

"그렇구나. 괜찮아. 나 아주 말짱해. 하하."

그렇게 말하는 나루미의 웃는 얼굴이 신지의 마음
을 차가운 돌처럼 굳혔다. 나루미는 자신이 얼마나
소중한 것을 잃었는지, 이제 모른다.

엎드려 비는 것 같은 모양새로 침대에 묻은 신지의
머리를, 나루미는 용서하듯 살포시 만져줬다.

"신짱."

그런 목소리였구나. 나를 만지는 그 손가락도, 울다
지친 얼굴도, 신지에게는 모든 것이 새로운 발견이었
다. 몸이 묵직했다. 신지는 처음으로 자신의 몸을 느
끼게 되었다. 아픔이 아픔으로 느껴졌다. 이제 대체
어떻게 되는 걸까? 모든 감각기관이 정보 이상의 무
언가를 발신하고 있었다. 축축한 한숨, 체온, 맥박.

나루미가 거기에 있는 것이 느껴졌다.

존재하고 있는 것이 온몸으로 전해졌다. 둘도 없이
소중한 존재, 나루미. 그녀는 지금 신지를 느끼고 있

을까? 자신이 예전에 그랬던 것처럼, 나루미는 이제 두 번 다시 그것을 느낄 수 없을 것이다.

이 마음이 전해지지 않는다. 이 마음을 나루미는 이제 영원히 알지 못한다. 말도 안 돼! 결국 두 사람 모두가 온전했던 순간이 한 번도 없었다! 신지는 소리 없이 비명을 질렀다.

"왜 그래, 신짱? 버림받는 건 나야."

깊은 절망이 신지를 집어삼켰다.

지금 자신과 같은 존재를 대체 무엇이라고 정의할 수 있을까? 논리정연하게 2주 동안 일하며 쌓아올린 모든 것이 단 하나의 개념으로 모양이 바뀌었다. 담배 연기로 칙칙해진 벽지, 삐걱거리는 침대마저도 신지는 따스하다고 느꼈다. 창문도 없는 이 방은 마치 자궁처럼 두 사람을 품고 있었다. 신지는 이 방을 나가 새로운 세계를 만나게 될 것이다. 모양을 바꾼 세계를. 그는 이제 다시 태어나는 것이다.

나는 정말로 외계인일까?

이제, 모르겠다.

"나루미. 내가 뭘 할 수 있을까?"

헝클어진 가운을 입은 채로, 나루미는 멍하니 신지
를 바라보고 있었다. 꽉 막힌 공기에 녹아내릴 것 같
은 나루미를, 신지는 살며시 품에 안았다.
"그럼, 조금만 더 옆에 있어줘."

"그래."

옆에 있다. 네가 잃어버린 것은 내가 어떻게든 해
줄게.
눈물 마른 흔적이 부끄러운지 나루미는 손으로 뺨
을 닦으며 미소를 지었다. 그 모습을 보고 신지는 2주
만에 처음으로 사람다운 자연스러운 미소를 짓는 데
성공했다.
똑똑 문을 두드리는 소리가 들렸다. 빨리 나오라
고, 세상이 신지를 부르는 것만 같았다.
문을 열자 사쿠라이가 있었다.
"도망가야 돼요. 경찰이 온 것 같아요."
"도망갈 필요 없어요."

"왜요?"

신지는 침대에 앉아 있는 나루미에게 시선을 돌렸다.

"맞아." 나루미가 평온하게 말했다.

"얼른 준비하세요. 빨리요."

발을 동동 구르는 사쿠라이의 눈을 신지가 골똘히 응시했다.

"진정하세요."

신지의 변화를 사쿠라이도 감지한 것 같았다.

"신지 씨?"

"이제 도망 안 가요. 나 할 말이 있어요."

관계를 파괴할 때 일어나는 일

마에카와 도모히로×이홍이

　한국에서는 칸국제영화제와 부산국제영화제 초청
작인 영화가 먼저 소개되어 구로사와 기요시 감독의
작품으로 흔히 알려져 있지만,《산책하는 침략자》의
원작자는 작가 겸 연출가인 마에카와 도모히로다. 그
는 극단 이키우메イキウメ의 대표를 맡고 있다.

　내가 이 작품을 처음 접한 곳은 2013년 1월 연극
〈가모메〉의 사전 조사를 위해 한 달 정도 머무르던
'모리시타 스튜디오'였다. 도쿄치고는 이례적으로 폭
설이 내려 유난히 어둑어둑했던 날, 응접실 책꽂이에
서 소설《산책하는 침략자》단행본을 발견했다. 연극
에 대한 소문은 익히 들었지만 직접 무대를 볼 기회

를 놓쳐 아쉬워하고 있었을 때라 단숨에 책을 꺼내 읽기 시작했다. 그 자리에서 책의 3분의 2 이상을 읽고 나서야 하루가 다 가버린 것을 깨달았다.

조바심이 날 정도로 빨리 번역하고 싶은 작품이었다. 연극계에 몸담고 있는지라 가장 먼저 든 생각은 서둘러 희곡을 구해야겠다는 것이었다. 희곡을 번역하기만 하면 일이 술술 풀릴 줄 알았는데, 한국 무대에 올리겠다는 꿈을 이루기까지 5년이 걸렸다. 그사이 재공연될 때마다 새로 각색된 대본을 구해 다시 번역하다 보니 번역본만 세 편이 있다. 그중에서 '창작집단 LAS'가 공연한 대본은 2017년 일본 재공연 때 쓰인 대본을 번역한 것으로, 최종적으로는 연출가 이기쁨의 해석을 거쳐 완성되었다.

이 공연이 계기가 되어 알마 출판사에서 소설을 출간하게 되었다. 원서를 보고 있자니 복받쳐 오르는 마음을 감출 길이 없다. 길고 긴 여정 동안 참 많은 일이 있었다. 이 작품에 매료되어 함께 설레며 눈부신 결과물을 만들어주신 '창작집단 LAS'와 알마 출판사에 진심으로 감사드린다.

한국 공연과 한국어판 출간 소식에 누구보다 기뻐한 또 한 사람, 저자 마에카와 도모히로를 이제 소개하려고 한다. 〈산책하는 침략자〉라는 세계를 만든 진짜 주인이다. 다음은 2019년 3월 저자 마에카와 도모히로와 이메일로 주고받은 대화이다.

〈산책하는 침략자〉를 2005년에 처음 연극으로 무대에 올렸고, 2년 후에 직접 소설로 각색하셨죠? 연극도 재공연을 되풀이했지만, 특히 2017년 구로사와 기요시 감독이 이 작품을 영화화하면서 더 큰 주목을 받았습니다. 연극, 소설, 영화에 각각 차이가 있다면 무엇일까요?

줄거리는 모두 같지만, 각 매체의 특징이 잘 드러나도록 했다는 점이 차이점이라고 생각합니다. 연극은 대화극이면서 군상극이라 할 수 있죠. 인물들의 감정이나 그 배후에서 일어나는 일들, 그리고 보이지 않는 것들을 상상하며 볼 수 있도록 만들었습니다. 그에 비해 소설은 나루미와 사쿠라이 두 인물의 시점으로 진행됩니다. 두 사람의 감정과 내면이 상세하게 묘사되고, 연극에 비해 두 사람의 시점을 통해서 이야기를 따라갈 수 있도록 했습니다. 영화는 연극과 소설에서 그리지 못한 배경이 시각화되었습니다. 군대나 알 수 없는 조직으로 상징된, 무언가가 일어날 것만 같은 분위기와 불안감. 그리고 침략. 화면으로 표현되는 부분을 중요시한 거죠.

어느 버전이든 이 이야기의 핵심은 '개념'을 빼앗는다는 발상이겠지요. 그런데 '개념'이라는 단어가 참 어렵잖아요. 소설에서 언어와 개념의 관계를 다루는 대목도 인상 깊게 봤습니다. '개념을 잃는다'는 아이디어는 어떻게 구상하신 건가요?

아이디어를 구상한 경위에 대해서는 두 가지로 말씀드릴 수 있을 것 같습니다. 우선, 만약에 지구 밖의 생명체가 이 지구에 사는 인류를 조사하러 온다면 언어로 이해하려 하기보다 개념으로 이해하는 편이 더 효율적이겠다고 생각했습니다. '愛' 'love' 'amour' 모두 결국 같은 것을 의미하니까요. 또 하나는, 연극으로 표현했을 때 어떻게 하면 외계인의 공격에 현실성을 부여할 수 있을까 고민했습니다. 눈앞에서 살아 있는 사람이 외계인을 연기하는데, 외계인이 인간에게 무언가를 해야 합니다. 외상을 입히는 방식은 별로란 생각이 들었습니다. 보이지 않는 것, 그러면서도 인간을 파괴할 수 있는 것이 무엇일까, 그 아이디어를 짜낸 결과입니다. 인간이 개념을 빼앗기면 의사소통이 불가능해지잖아요? 관계성을 파괴한다는 것이 참 무서운 공격인 거죠.

〈산책하는 침략자〉는 작가님의 초기작에 해당되죠. 가장 많이 재공연된 만큼 대표작이기도 하고요. 희곡에서 소설이 되면서도 물론 달라졌지만, 상연 대본을 보면 공연할 때마다 인물별로 비중의 차이도 있고 결말이 조금씩 달라지더라고요. 소설도 단행본으로 처음 출간되었을 때와 문고판으로 재출간되었을 때 달라진 부분이 있고요. 매번 어떤 부분에 중점을 두고 수정하시는 건가요?

그때그때 최선이라고 생각되는 것으로 판단하는 수밖에 없습니다. 재공연할 때마다 희곡을 다시 읽으면서 손을 대는 것이 저와 저희 극단이 작품을 만드는 방식입니다. 희곡 속에 감춰진 주제를 끄집어내고 이해함으로써 보다 순도 높은 희곡을 완성해가는 것입니다. 10년 후, 50년 후에도 무대에 올릴 수 있는 희곡을 목표로 하고 있습니다. 그렇기 때문에 늘 최신 판본이 최선의 결과물입니다.

이 작품의 배경에 대해서도 질문드리고 싶어요. 문제의 '이웃 나라'가 등장하잖아요. 아무래도 북한이 연상되다 보니, 정세에 따라 굉장히 현실적인 긴장감을 줄 수 있겠다는 생각이 들었습니다. 작가님은 실제로 한국의 동해에 가까운 니가타 출신이시죠?

네, 한반도에 가까운 바닷가 시골 마을이라는 설정은 제 경험이 반영된 것입니다. 동네에 실제로 납치 피해자가 있기도 했거든요. 이 희곡을 집필했을 때는 도쿄에 살고 있었지만, 마침 그 무렵에 북한에서 미사일 실험을 빈번하게 진행하고 있었습니다. 단, 북한이라는 이름을 넣지 않은 이유는 현재의 사회 문제에 한정해서 이야기를 파고들 생각이 없었기 때문입니다. 이 세계에는 언제 어디서나 쉬지 않고 군사적 긴장으로 인해 일반 시민들이 불안해하는 사례가 넘쳐나니까요. 그런 특징을 담은 세계를 설정하고자 했습니다.

〈산책하는 침략자〉뿐 아니라 작가님의 다른 희곡과 소설(바이러스로 인한 신인류의 탄생을 그린 〈태양〉, 원하는 대로 세상을 움직이는 초능력을 다룬 〈함수 도미노〉, 영원한 젊음을 위해 완전식完全食을 찾아 헤매는 이야기 〈하늘의 적〉 등)을 읽으면서 '아! 이런 SF도 가능하구나!' 하고 충격을 받았어요. 그런데 작품을 계속 읽으면서 단순히 SF나 판타지의 소재를 다룬 것이 아니라, 철학적인 주제를 진지하게 다룬다고 느꼈습니다. 대학 때도 철학을 전공하셨죠? 글을 쓸 때, SF적인 아이디어와 철학적인 주제 중에 어느 쪽을 먼저 정하세요?

SF적인 아이디어(무슨 일이 벌어지는가)와 철학적인 주제(무슨 이야기를 하고자 하는가)는 서로 엉겨 붙은 상태로 떠오르는 경우가 많아서 어느 쪽이 먼저인지 말씀드리기가 어렵습니다. 작품마다 다르다고 할 수밖에 없겠군요. 단, SF적인 아이디어가 먼저 떠오른 경우가 더 쉽게 써졌습니다. 관객들은 극장에 '무슨 일이 벌어지는지'를 보러 오니까요. 강연을 들으러 오는 관객은 없겠죠.

소설가이기도 하지만, 극단 이키우메의 대표이기도 하

시죠. 처음에 어떻게 연극을 시작하셨는지 궁금해요. 특히 '이키우메'는 생매장이라는 뜻이잖아요? 특별한 의미가 있을까요?

학창 시절에 영화를 만들면서 창작 활동을 시작했습니다. 친구가 극단을 했는데, 그 극단에 희곡을 써 준 것이 인연이 되어 이십 대 후반에 연극에 뛰어들었고요. 극단 이름은 '산 채로 저 건너의 세상을 바라본다'는 콘셉트에서 나온 것이었습니다. 호러나 SF를 하기로 마음먹고 지은 이름인데, 지진대국에서 이런 이름으로 활동하다니 참 조심성 없는 작명이었습니다. 젊은 시절 치기 어린 마음에 그랬던 것 같아요.

극단 작업을 꾸준히 해오고 있으니까 희곡을 집필할 때 극단원인 배우들의 영향이 클 것 같아요. 배우들의 성격이나 어투가 인물에 반영되기도 하나요?

영향이 큰 것 같아요. 배역을 정해놓고 작품을 쓰거든요. 하지만 인물을 그려나가는 과정에서는 배우의 틀 안에 그 인물을 끼워 넣지 않으려고 주의합니다. 배우가 할 수 있는 것을 제가 생각하는 범위 안에 가두려고 하지 않는 것이죠. 우리 배우들은 상상력을

제한하는 존재가 아니라, 상상력을 자극하는 존재라
고 보시면 됩니다.

알마 출판사에서는 'GD'라는 이름의 희곡 시리즈를 준
비하고 있다고 해요. 앞으로 희곡 〈산책하는 침략자〉도
출간됐으면 좋겠고, 공연으로도 이어지기를 바라고 있
습니다. 극작가로 경력이 화려하신데, 이 작품 말고 또
한국에 소개되었으면 싶은 희곡이 있으면 알려주세요.
　몇 작품이 있습니다. 〈산책하는 침략자〉 말고도 재
공연을 되풀이하면서 계속 발전시키고 있는 희곡들
이 있거든요. 〈태양〉〈함수 도미노〉〈어두운 곳에서
나오다〉〈하늘의 적〉 등입니다. 한국은 일본과 가깝
고, 또 공통된 가치관도 많이 있으니까요. 제 작품이
어떻게 받아들여질지 궁금합니다. 더 많이 소개된다
면 기쁠 것 같아요.

다행히 지금 준비 중인 희곡이 포함되어 있네요! 빨리
한국 관객들을 만날 수 있게 더 노력해야겠습니다. 앞으
로의 계획은 어떻게 되나요?
　극단과 연극 활동을 기본 축으로 계속해서 작품을

만들 계획입니다. 또 소설과 영상 등 다른 매체로도
작품을 발표할 예정입니다.

이제 소설로는 처음으로 한국 독자를 만나게 되었습니다. 독자들에게 한마디 부탁드립니다.

처음 뵙겠습니다. 한국의 독자 분들을 이렇게 마주할 수 있어 진심으로 감사드립니다. 제 소설을 읽으신 뒤 아주 조금 세상이 다르게 보이면 좋겠습니다.

〈산책하는 침략자〉 연표

- **2005. 10. 25~30. 일본 도쿄.**
  sun-mall스튜디오, 연극 〈산책하는 침략자〉 초연.
- **2007. 9. 12~16. 도쿄.**
  아오야마원형극장, 연극 재공연.
- **2007. 9. 29~30. 오사카.**
  HEP HALL, 연극 재공연.
- **2007. 12. 12.**
  소설 《산책하는 침략자》 단행본(출판사 メディアファクトリー) 출간.
- **2011. 4. 23~24. 요코하마.**
  KAAT가나가와예술극장 대스튜디오, 연극 재공연.
- **2011. 5. 13~29. 도쿄.**
  씨어터트램, 연극 재공연.
- **2011. 6. 4~5. 오사카.**
  ABC홀; 연극 재공연.
- **2011. 6. 12. 기타큐슈.**
  기타큐슈예술극장 중극장, 연극 재공연.
- **2013. 4. 1. 뉴욕.**
  Japan Society, 낭독 공연(번역 및 연출 오가와 아야).

- 2017. 7. 25.

  소설《산책하는 침략자》문고판(출판사 KADOKAWA) 출간.

- 2017. 9. 9.

  영화〈산책하는 침략자〉(연출 구로사와 기요시) 개봉.

- 2017. 9.

  드라마〈예조予兆 산책하는 침략자〉방영.

- 2017. 11. 11.

  〈예조 산책하는 침략자〉극장판 개봉.

- 2017. 10. 27~11. 19. 도쿄.

  씨어터트램, 연극 재공연.

- 2017. 11. 23~26. 오사카.

  ABC홀, 연극 재공연.

- 2017. 12. 3. 기타큐슈.

  기타큐슈예술극장 중극장, 연극 재공연.

- 2018. 6. 19~24. 서울.

  창작집단 LAS. 산울림소극장, 낭독극 공연.

- 2018. 11. 8~11. 서울.

  창작집단 LAS. 미아리고개예술극장, 연극 공연.

잠입하는 절망

구로사와 기요시(영화 〈산책하는 침략자〉 감독)

마에카와 씨의 연극을 아주 좋아해서 늘 챙겨보고 있다. 그의 연극을 보면 대체로 뭐라 콕 집어 말하기 힘든 우울한 일상이 있고, 어느 틈에 기상천외한 사건이 일어나며, 모든 것을 알게 된 인물이 홀로 있다가, 나머지 인물들은 입을 내밀며 차례차례 사건에 휘말리고, 마지막에는 모두가 죽어라 매달리던 것들이 전부 허무하게 내동댕이쳐지면서 새로운 차원의 문이 열린다…. 내 멋대로 해본 해석이지만, 대개 이런 식으로 매번 나를 놀라게 한다. 폭소를 터뜨리다가도 깊은 감동을 받게 하는 것이다. 무엇보다 이것을 연극 무대에서 해낸다는 사실이 경이롭다. 잘 짜인 대본,

매력적인 배우, 그리고 무엇보다 뛰어난 연출이 갖춰졌을 때 비로소 이런 작품이 태어날 것이다. '일상으로부터 새로운 차원으로'라고 쉽게 끼적였지만, 사실 무대에서 일상을 표현한다는 것은 보통 일이 아닐 것이다. 말이 새로운 차원이지, 극장에서 한 발자국도 못 나가는데 어떻게 관객을 다른 차원으로 데리고 간단 말인가. 기가 막힌 재능이 아닐 수 없다.

　나는 얼마 전에, 그런 마에카와 씨의 작품《산책하는 침략자》를 영화로 만들었다. 표현 형식으로서 영화와 연극은 당연히 다르다. 우선 영화로 일상을 찍는 일은 매우 쉽다. 아무 길거리에다가 카메라만 놓으면 누구나 아는 일상을 웬만큼 담을 수 있다. 또 그 일상에서 일탈시키는 것도 의외로 간단한다. 영화에는 편집이라는 편리한 기술이 있어서, 평범한 길을 걷던 남자를 바로 다음 장면에서 느닷없이 깊은 숲에 서 있는 것으로 이어 붙이면 누가 보더라도 '엇, 갑자기 이상한 데로 갔다'라고 느끼기 마련이다. 그렇다고 영화가 연극보다 대단하다는 말이 아니다. 내가 하고 싶은 말은, 영화에서는 아무리 일상에서 다른 차원으로 점프해봤자 그것만으로는 재미도 신기할 것도 없이 그저 그런 것이 될 뿐이라는 말이다. 영화는 (아마, 아마도) 일상의 풍경 속에서 아무도 몰랐던 신비로운 순간을 얼마나 발견할 수 있는지, 아니면 반대로 마음을 흥분시키는 뻔한 픽션 속에서 슬쩍 마음속을 파고들 일상성을 어디까지 담아낼 수 있는지가 관건이 된다.

그렇다면 소설은 어떨까? 나는 사실 소설 《산책하는 침략자》를 먼저 접했다. 극단 이키우메의 공연을 한 번도 보지 않았을 무렵, 아무런 사전 지식 없이 바로 소설을 읽은 것이다. 글로 쓰인 표현은 정말이지 가장 강렬한 것 같다. 펜을 쥐든 안 쥐든 인내력과 재능만 있다면 무엇이든 쓸 수 있다. 그래서 연극이나 영화를 하는 사람들이 어떤 계기로든 소설을 쓸 기회를 얻으면, 자기도 모르게 연극이나 영화로는 표현하기 어려운 것을 쓰려고 한다. 그중에서도 최고로 어려운 것을 꼽자면 사람의 마음일 것이다. 연극이나 영화에서는 등장인물의 마음속을 상상하게 만들 수는 있어도 직접적으로 상세히 묘사할 수는 없다. 물론 셰익스피어 연극 대사나 영화 내레이션에서 인물이 자신의 속내를 직접 말하는 경우도 없지 않지만,

그것은 어디까지나 심경의 설명이지 그 사람의 마음에 대한 묘사는 아니라고 생각하는데, 아닐까?

어쨌든 소설에서는 별다른 어려움 없이 인물의 마음속을 이야기의 주체로 삼을 수 있고, 소설《산책하는 침략자》도 주인공 가세 나루미의 마음속 움직임에 글자 수를 가장 많이 할애하고 있다. 예를 들어 나루미가 남편 신지를 '신짱'이라고 부르기까지 겪는 갈등은 저절로 미소 짓게 만드는 감동적인 대목이다. 이런 것이 바로 소설의 힘이다. 참고로 영화에서는 고민을 거듭한 끝에 이 부분을 삭제했다. 못 할 것은 없지만, 그 이야기만으로도 한 편의 영화를 만들 수 있을 만큼 손이 많이 갈 것이라고 생각했기 때문이다.

또 하나, 이 소설에는 나루미의 마음 상태가 곳곳에 선명하게 흩뿌려져 있는데, 이를테면 "짜증나" "후우…" "아, 귀찮아" "됐어"라는 식으로 표현되어 있다. 이 마음들을 다른 말로 표현하면 '절망'이 된다. 너무 나간 것일까? 하지만 나는 그렇게 생각하지 않는다. 나루미의 절망은, 소설 곳곳에서 발견되는 또 하나의 단어로 암시된다. 바로 전쟁이다. 어쩐지 전쟁, 그것도 세계 전쟁이 일어날 것만 같은 분위기가 소설 구석구석에 잠입해 있다. 이 분위기가 구체적인 드라마로 발전하지는 않더라도, 글을 읽다 보면 반드시 마주하게 되는 '전쟁'이라는 두 글자에 흠칫 오싹해져, 읽고 있던 나 역시 '짜증 난다'는 말을 중얼거리고 만다. 글자의 힘이란 참 굉장하다. 그리고 그것을 자유자재로 다루는 마에카와 씨의 글쓰기 실력에 혀를 내두르게 된다.

나루미의 절망이 마지막에 어떻게 되었을지는 독자 여러분이 보셔서 아시겠지만, 또 하나 이 소설이 연극도 문학도 아닌 유독 영화와 깊은 관련이 있는 지점에 대해 말해두고 싶다. 이 점은 소년 아마노가 르포 작가인 사쿠라이에게 "침략해야지. 외계인이 다 그렇지, 뭐"라고 말하는 대목에서 드러난다. 이 대사를 읽고 독자 여러분은 무슨 생각을 하셨을까? 내 생각에 이 소설은 침략SF 장르에 속한다. 앞서 인용한 이 대사가 이 점을 소리 높여 선언하고 있다고 본다. 과연 독자 여러분은 '외계인이 지구를 침략한다'는 공식을 의심 없이 받아들였을까? 이 공식을 거리낌 없이 받아들이려면 우선 침략SF라는 장르에 어느 정도 친숙해야 한다. 그리고 침략SF라는 장르는 소설에도 물론 있지만, 대부분 영화를 통해서 널리 알려졌다는 사실을 부인할 수 없다.

침략SF는 허버트 조지 웰스의 《우주전쟁》을 기원으로 하는데, 이 소설이 발표된 때는 1898년으로 영화가 탄생한 때인 1895년보다 3년 후에 해당한다. 즉 침략SF와 영화는 함께 20세기를 대표하는 장르가 되었고, 웰스의 예언대로 이 세계는 세계 전쟁을 두 번 치렀으며(《우주전쟁》의 원제는 《The War of the Worlds》로, 번역하면 '세계들의 전쟁'이 된다) 영화는 두 번의 세계 전쟁과 깊은 관련을 맺으며 비약적으로 널리 보급되어 전후에 전성기를 맞이했다. 그 뒤로 1950년대에 핵전쟁과 이념 전쟁, 1970년대에 베트남 전쟁, 1990년대에 걸프 전쟁까지, 각 시대의 전쟁에 대한 비유로서 무수히 많은 침략SF 영화가 (거의 다 미국영화지만) 만들어졌다. 아마도 이 장르의 작품을 찾아보면 소설보다 영화가 압도적으로 많을 것이다. 다시 말해 전쟁, 영화, 침략SF, 이 세 가지는 끊을 수 없는 관계로 끈끈하게 연결되어 있으며, 20세기의 우울한 분위기에 갖가지 형태를 만들어주었다. 나루미의 절망은 바로 여기에서 출발한 것이다.

그리고 지금은 2017년. 벌써 21세기로 넘어왔지만, 어떤가? 20세기와 비교해서 무엇이 달라졌을까? 바뀐 점을 찾자면 분위기로만 존재하던 것이 한층 더 짙게, 예측 불가능한 형태로 현실화되고 있다는 것이 아닐까? 그런 의미에서 나는 《산책하는 침략자》를 21세기에 집필된 틀림없는 '예언적 침략SF'라고 부르고 싶다.

지은이..마에카와 도모히로前川知大

극작가이자 연출가로 2003년 결성한 극단 '이키우메'에서 활동하고 있다. 〈산책하는 침략자〉〈태양〉〈함수 도미노〉〈성지 X〉〈하늘의 적〉 등 에스에프와 호러 문학을 주로 창작한다. 눈에 보이지 않는 것과 인간의 관계, 일상을 뒤집어 볼 때 나타나는 세계를 배경으로 인간 심리를 그린다. 요미우리 연극대상, 기노쿠니야 연극상 등 일본의 주요 연극상을 여러 차례 수상했다. 연극 〈태양〉과 〈산책하는 침략자〉는 2016년과 2017년에 영화화되었다.

그래픽..최재훈

만화와 일러스트 작업을 하고 있다. 지은 책으로 《조형의 과정》《꿈속의 신 1》이 있다. 방탄소년단 RM의 뮤직비디오 〈forever rain〉을 연출하고, 노다 요지로의 뮤직비디오 〈MIRACLE〉(이와이 슌지 감독)에 그림을 그렸다.

옮긴이..이홍이

연세대학교에서 심리학과 불어불문학을 전공하고 서울대학교 대학원 공연예술학 협동과정에서 석사학위를 받았다. 일본 오차노미즈 여자대학 비교사회문화학 박사과정을 수료했으며 현재 번역가, 드라마터그로 활동 중이다.
옮긴 작품으로는 소설 《우리에게 허락된 특별한 시간의 끝》《비교적 낙관적인 케이스》, 에세이 《언젠가 헤어지겠지, 하지만 오늘은 아니야》, 연극 〈산책하는 침략자〉〈소실〉〈우리별〉〈용의자X의 헌신〉 외 다수가 있으며, 번안 및 각색한 작품으로 연극 〈응, 잘 가〉〈곁에 있어도 혼자〉 등이 있다.

불가능하고도 가능한 세계
포비든 플래닛 FORBIDDEN PLANET

산책하는 침략자

1판 1쇄 찍음 2019년 3월 19일
1판 1쇄 펴냄 2019년 3월 28일

지은이 마에카와 도모히로
그래픽 최재훈
옮긴이 이홍이
펴낸이 안지미
편집 권순범
디자인 안지미
제작처 공간

펴낸곳 (주)알마
출판등록 2006년 6월 22일 제2013-000266호
주소 우. 03990 서울시 마포구 연남로 1길 8, 4~5층
전화 02.324.3800 판매 02.324.2845 편집
전송 02.324.1144

전자우편 alma@almabook.com
페이스북 /almabooks
트위터 @alma_books
인스타그램 @alma_books

ISBN 979-11-5992-249-7 04800
ISBN 979-11-5992-246-6 (세트)

알마는 아이쿱생협과 더불어 협동조합의 가치를 실천하는 출판사입니다.

종이 표지_매직콤마 120g/㎡ 본문_그린라이트 80g/㎡ 별지_비비칼라 110g/㎡